卞尺丹几乙し丹卞と
Translated Language Learning

Alices Abenteuer im Wunderland

Pengembaraan Alice di Dunia Menakjubkan

Lewis Carroll

Deutsch / Bahasa Melayu

Runter in den Kaninchenbau
Turun Lubang Arnab

Alice fing an, sehr müde zu werden
Alice mula sangat letih
Sie saß neben ihrer Schwester auf der Grasbank
dia duduk di sebelah kakaknya di tebing rumput
aber sie hatte nichts zu tun
tetapi dia tidak mempunyai apa-apa kaitan
Ihre Schwester las ein Buch
kakaknya sedang membaca buku
Ein- oder zweimal schaute Alice in das Buch
sekali atau dua kali Alice mengintip ke dalam buku itu
aber das Buch enthielt keine Bilder oder Gespräche
tetapi buku itu tidak mempunyai gambar atau perbualan di
dalamnya
"Was nützt ein Buch ohne Bilder?", dachte Alice
"apa gunanya buku tanpa gambar?," fikir Alice
"Warum sollte ein Buch keine Gespräche führen?"
"Mengapa buku tidak mempunyai perbualan?"

Aber sie hatte noch andere Dinge zu bedenken
tetapi dia mempunyai perkara lain untuk dipertimbangkan
"Es wäre ein Vergnügen, eine Kette aus Gänseblümchen zu machen"
"Membuat rantai bunga aster akan menjadi keseronokan"
"Aber lohnt es sich, aufzustehen und die Gänseblümchen zu pflücken??"
"Tetapi adakah ia berbaloi dengan usaha untuk bangun dan memetik bunga aster ??"
Das war nicht so leicht zu denken
Ini tidak begitu mudah untuk difikirkan
weil sie sich an diesem Tag schläfrig und dumm fühlte
kerana hari itu membuatkan dia berasa mengantuk dan bodoh
aber plötzlich wurden ihre Gedanken unterbrochen
tetapi tiba-tiba fikirannya terganggu
ein weißes Kaninchen mit rosa Augen lief dicht an ihr vorbei
Arnab Putih dengan mata merah jambu berlari dekat dengannya

Es war nichts übermäßig Bemerkenswertes an dem Kaninchen
Tidak ada yang terlalu luar biasa tentang arnab itu
und Alice fand das Kaninchen auch nicht bemerkenswert
dan Alice juga tidak menganggap arnab itu luar biasa
auch überraschte es sie nicht, als das Kaninchen sprach
juga tidak mengejutkannya apabila Arnab bercakap
»O je! Ich werde zu spät kommen!« sagte er zu sich selbst
"Oh sayang! Saya akan terlambat!" katanya kepada dirinya sendiri
aber dann tat das Kaninchen etwas, was Kaninchen nicht tun
tetapi kemudian Arnab melakukan sesuatu yang tidak dilakukan oleh arnab
das Kaninchen zog eine Uhr aus der Westentasche
Arnab mengeluarkan jam tangan dari poket baju pinggangnya
Er schaute auf die Uhr und eilte dann weiter
Dia melihat masa dan kemudian bergegas
Alice erhob sich erstaunt
Alice bangkit, kagum
Sie hatte noch nie zuvor ein Kaninchen mit Weste gesehen!
Dia tidak pernah melihat arnab dengan baju pinggang sebelum ini!
noch hatte sie je ein Kaninchen mit einer Uhr gesehen!
dia juga tidak pernah melihat arnab dengan jam tangan!
Alice brannte vor neuer Neugierde
Alice terbakar dengan rasa ingin tahu baru
und sie rannte über das Feld hinter dem Kaninchen her
dan dia berlari melintasi padang selepas Arnab
Sie kam gerade noch rechtzeitig, um das Kaninchen verschwinden zu sehen
dia tepat pada masanya untuk melihat arnab itu hilang
Das Kaninchen hüpfte in einen großen Kaninchenbau hinab
Arnab itu melompat ke dalam lubang arnab yang besar
Im nächsten Augenblick stürzte Alice hinter dem Kaninchen her!
Dalam sekejap lagi, Alice mengejar arnab itu!

Der Kaninchenbau ging geradeaus wie ein Tunnel
Lubang arnab terus seperti terowong
und der Tunnel ging noch eine Weile weiter
dan terowong itu terus berjalan agak jauh
und dann senkte sich der Weg plötzlich hinunter
dan kemudian laluan itu tiba-tiba merosot ke bawah
Alice hatte keinen Augenblick, daran zu denken, ob sie sich zurückhalten sollte
Alice tidak mempunyai masa untuk berfikir untuk menghentikan dirinya
Sie fiel hin und hinunter und hinunter
dia mendapati dirinya jatuh dan turun dan turun
Es schien, als sei sie in einen sehr tiefen Brunnen gefallen
seolah-olah dia telah jatuh ke dalam perigi yang sangat dalam
Entweder war der Brunnen sehr tief, oder sie fiel sehr langsam
Sama ada telaga itu sangat dalam, atau dia jatuh dengan perlahan
denn sie hatte viel Zeit zum Fallen
kerana dia mempunyai banyak masa untuk jatuh
Als sie fiel, konnte sie sich umsehen
Semasa dia jatuh, dia boleh melihat sekelilingnya
Zuerst versuchte sie herauszufinden, wohin sie ging
Pertama, dia cuba mengetahui ke mana dia akan pergi
aber der Brunnen war zu dunkel, um etwas zu sehen
tetapi perigi itu terlalu gelap untuk melihat apa-apa
Dann blickte sie auf die Seiten des Brunnens
Kemudian dia melihat ke sisi perigi
Und sie bemerkte, dass überall um sie herum Schränke standen
dan dia perasan bahawa terdapat almari di sekelilingnya
und rings um den Brunnen waren Bücherregale
dan di sekeliling perigi terdapat rak buku
Hier und da sah sie Karten und Bilder, die an Pflöcken hingen
Di sana-sini dia melihat peta dan gambar digantung pada pasak

Im Vorbeigehen nahm sie ein Glas aus einem der Regale
Dia menurunkan balang dari salah satu rak semasa dia berlalu
Das Glas wurde für seinen Inhalt gekennzeichnet
balang itu dilabelkan untuk kandungannya
"MARMELADE AUS ORANGEN"
"MARMALADE DIPERBUAT DARIPADA OREN"
Aber zu ihrer großen Enttäuschung war das Marmeladenglas leer
tetapi, yang sangat mengecewakannya, balang marmalade itu kosong
Sie wollte das leere Marmeladenglas nicht fallen lassen
Dia tidak mahu menjatuhkan balang marmalade kosong
und ihr Fall war sehr langsam
dan kejatuhannya sangat perlahan
So schaffte sie es, das Marmeladenglas in einen der Schränke zu stellen
Jadi dia berjaya memasukkan balang marmalade ke dalam salah satu almari
Nieder, hinunter, hinunter fiel sie!
Turun, turun, turun dia jatuh!
Würde der Fall jemals ein Ende haben?
Adakah kejatuhan akan berakhir?
Es gab nichts anderes zu tun
Tiada apa-apa lagi yang perlu dilakukan
so fing Alice bald an, mit sich selbst zu reden
jadi Alice tidak lama lagi mula bercakap dengan dirinya sendiri
»Dinah wird mich heute abend sehr vermissen, sollte ich meinen!«
"Dinah akan sangat merindui saya malam ini, saya patut fikir!"
Dinah war Alices Katze
Dinah ialah kucing Alice
»Ich hoffe, sie werden sich an ihre Untertasse mit Milch zur Teezeit erinnern.«
"Saya harap mereka akan mengingati piring susunya pada waktu minum teh"

»Dinah, meine Liebe, ich wünschte, du wärst hier unten bei mir!«

"Dinah, sayangku, saya harap awak berada di sini bersama saya!"

Alice fühlte, als würde sie einschlafen

Alice merasakan bahawa dia tertidur

Und dann plötzlich, dumpf! Bums!

dan kemudian tiba-tiba, berdebar! berdebar!

Sie fiel auf einen Haufen Stöcke

dia jatuh di atas timbunan kayu

und sie landete auf einem Haufen trockener Blätter

dan dia mendarat di atas timbunan daun kering

Und endlich war der lange Sturz in das Loch vorbei

dan akhirnya kejatuhan panjang ke dalam lubang itu berakhir

Alice war kein bisschen verletzt

Alice tidak terluka sedikit pun

und sie sprang in einem Augenblick auf

dan dia melompat dalam sekejap

Sie blickte auf, aber es war alles dunkel über ihr

Dia mendongak, tetapi semuanya gelap di atas kepala

Vor ihr lag ein weiterer langer Korridor

di hadapannya terdapat satu lagi koridor panjang

und das weiße Kaninchen war noch in Sicht

dan Arnab Putih masih kelihatan

Er eilte den Korridor hinunter

dia tergesa-gesa menyusuri koridor

Es war kein Augenblick zu verlieren

Tidak ada masa untuk hilang

davonlief Alice wie der Wind

lari Alice seperti angin

um die Ecke drehte sich das Kaninchen

di sekitar sudut menghidupkan arnab

Sie kam gerade noch rechtzeitig, um das Kaninchen zu hören

dia tepat pada masanya untuk mendengar arnab itu

"Oh, meine Ohren und Schnurrhaare"

""Oh, telinga dan misai saya"

"Wie spät es wird!"
"Berapa lewat lagi!"
Sie war dicht hinter dem Kaninchen
Dia berada dekat di belakang arnab
Sie bog um eine weitere Ecke
dia berpaling di sudut lain
aber das Kaninchen war nicht mehr zu sehen
tetapi Arnab itu tidak lagi dapat dilihat
Sie befand sich in einer langen, niedrigen Halle
Dia mendapati dirinya berada di dewan yang panjang dan rendah
Der Saal wurde von einer Reihe von Deckenlampen erleuchtet
Dewan itu diterangi oleh deretan lampu siling
Überall im Saal gab es Türen
Terdapat pintu di sekeliling dewan
aber alle Türen waren verschlossen
tetapi semua pintu dikunci
Sie ging den ganzen Weg an der einen Seite des Flurs hinunter
Dia berjalan sepanjang jalan ke satu sisi dewan
Und sie war den ganzen Weg auf der anderen Seite des Flurs hinaufgegegangen
dan dia telah berjalan sepanjang jalan ke seberang dewan
Sie hatte jede Tür ausprobiert
dia telah mencuba setiap pintu
Und sie ging traurig in der Mitte des Saales entlang
dan dia berjalan dengan sedih di tengah-tengah dewan
"Wie komme ich da mal wieder raus?"
"bagaimana saya boleh keluar lagi?"

Plötzlich stieß sie auf einen kleinen Tisch
Tiba-tiba dia terjumpa sebuah meja kecil
Der Tisch wurde komplett aus massivem Glas gefertigt
meja itu diperbuat sepenuhnya daripada kaca pepejal
Auf dem Tisch lag nichts als ein winziger goldener Schlüssel
Tiada apa-apa di atas meja kecuali kunci emas kecil
Der Schlüssel könnte zu einer der Türen gehören!
kuncinya mungkin milik salah satu pintu!
Aber ach! Einige der Schlösser waren zu groß für die Schlüssel
tetapi, malangnya! beberapa kunci terlalu besar untuk kunci
und für die anderen Schlösser war der Schlüssel zu klein
dan untuk kunci yang lain kuncinya terlalu kecil
aber auf jeden Fall öffnete der Schlüssel keine der Türen
tetapi, bagaimanapun, kunci itu tidak membuka pintu

Aber was sollte sie tun?
tetapi apa yang perlu dia lakukan?
Sie ging wieder durch den Saal
Dia pergi melalui dewan sekali lagi
Und diesmal bemerkte sie einen niedrigen Vorhang
dan kali ini dia melihat tirai rendah
Hinter dem Vorhang war eine kleine Tür
Di sebalik tirai terdapat pintu kecil
Die Tür war etwa fünfzehn Zoll hoch
pintunya kira-kira lima belas inci tinggi
Sie probierte den kleinen goldenen Schlüssel im Schloss aus
Dia mencuba kunci emas kecil di dalam kunci
Und zu ihrer großen Freude passte der Schlüssel ins Schloss!
dan yang sangat menggembirakannya, kunci itu muat di
dalam kunci!
Alice öffnete die Tür
Alice membuka pintu
und sie fand, daß die Tür in einen kleinen Korridor führte
dan dia mendapati pintu itu menuju ke koridor kecil
Der Korridor war nicht viel größer als ein Rattenloch
koridor itu tidak jauh lebih besar daripada lubang tikus
Sie kniete nieder und blickte den Korridor entlang
Dia berlutut dan melihat di sepanjang koridor
Und sie sah den schönsten Garten, den du je gesehen hast
dan dia melihat taman paling indah yang pernah anda lihat
wie sehr sie sich danach sehnte, aus dieser dunklen Halle
herauszukommen
bagaimana dia rindu untuk keluar dari dewan gelap itu
wie sie sich wünschte, zwischen diesen leuchtenden Blumen
zu wandern
bagaimana dia mahu mengembara di antara bunga-bunga
terang itu
Wie cool die Erfrischung dieser Brunnen aussah
betapa sejuknya menyegarkan air pancut itu kelihatan
aber sie konnte nicht einmal ihren Kopf durch die Tür
stecken
tetapi dia tidak dapat memasukkan kepalanya melalui pintu

»Oh,« sagte Alice traurig

"Oh," kata Alice, sedih

»wie sehr wünschte ich, ich könnte mich zusammenfalten wie ein Fernrohr!«

"betapa saya berharap saya boleh melipat seperti teleskop!"

"Ich glaube, ich könnte mich zusammenfalten wie ein Teleskop"

"Saya rasa saya boleh melipat seperti teleskop"

"Wenn ich nur wüsste, wie ich anfangen sollte"

"jika saya hanya tahu bagaimana untuk bermula"

Alice ging zurück an den Tisch

Alice kembali ke meja

Es bestand die Möglichkeit, einen weiteren Schlüssel zu finden

Terdapat peluang untuk mencari kunci lain

Oder es gibt ein Buch mit Regeln

atau mungkin ada buku peraturan

Das Buch könnte ihr sagen, wie man sich wie ein Teleskop zusammenfaltet

Buku itu boleh memberitahunya cara melipat seperti teleskop

Diesmal fand sie ein Fläschchen

Kali ini dia menemui botol kecil

"Diese Flasche war gewiß vorher nicht hier," sagte Alice

"botol ini pastinya tidak ada di sini sebelum ini," kata Alice

Und um den Flaschenhals war ein Papieretikett gebunden

dan diikat di leher botol itu ialah label kertas

Das Etikett war wunderschön in großen Buchstaben gedruckt

label itu dicetak dengan indah dalam huruf besar

"TRINK MICH"

"MINUM SAYA"

»Nein, ich werde erst nachsehen«, sagte sie

"Tidak, saya akan lihat dahulu," katanya

"Ich werde sehen, ob die Flasche als giftig gekennzeichnet ist oder nicht."

"Saya akan lihat sama ada botol itu ditandakan sebagai beracun atau tidak,"

weil sie die Lektion über das Gift nie vergessen hat
Kerana dia tidak pernah melupakan pelajaran tentang racun
"Wenn eine Flasche als giftig gekennzeichnet ist, wird sie
Ihnen bestimmt nicht zustimmen"
"Jika botol dilabelkan beracun, ia pasti tidak bersetuju dengan
anda"
Diese Flasche war jedoch nicht als giftig gekennzeichnet
Walau bagaimanapun, botol ini tidak ditandakan sebagai
beracun
so wagte Alice es, den Inhalt der Flasche zu kosten
jadi Alice memberanikan diri untuk merasai kandungan botol
itu
Sie fand die Flüssigkeit ganz nach ihrem Geschmack
dia mendapati cecair itu agak sesuai dengan keinginannya
Das Getränk hatte einen gemischten Geschmack
minuman itu mempunyai sejenis rasa campuran
Kirschkuchen, Vanillepudding und Ananas
ceri-tart, kastard, dan nanas
Gebratener Truthahn, Toffee und Toast mit heißer Butter
ayam belanda panggang, toffee, dan roti bakar dengan
mentega panas
und bald trank sie die Flasche aus
dan dia tidak lama kemudian menghabiskan botol itu
"Was für ein merkwürdiges Gefühl!" sagte Alice
"Perasaan yang ingin tahu!" kata Alice
"Ich klappe mich zusammen wie ein Teleskop!"
"Saya melipat seperti teleskop!"
Und sie faltete sich tatsächlich zusammen wie ein Teleskop!
Dan dia memang melipat seperti teleskop!
Sie war jetzt nur noch zehn Zentimeter groß
Dia kini hanya sepuluh inci tinggi
und ihr Gesicht erhellte sich bei ihren Gedanken
dan wajahnya cerah melihat fikirannya
Jetzt hatte sie die richtige Größe für das Türchen
sekarang dia adalah saiz yang sesuai untuk pintu kecil itu
Jetzt konnte sie in diesen schönen Garten gehen
Sekarang dia boleh pergi ke taman yang indah itu

Bald hörte sie auf, kleiner zu werden
tidak lama kemudian dia berhenti menjadi lebih kecil
Sie beschloß, sofort in den Garten zu gehen
Dia memutuskan untuk pergi ke taman sekaligus
aber wehe der armen Alice!
tetapi, sayangnya untuk Alice yang malang!
Sie kam zur Tür
dia sampai ke pintu
Aber sie hatte den kleinen goldenen Schlüssel vergessen
tetapi dia telah melupakan kunci emas kecil itu
Sie ging zurück zum Tisch, um den Schlüssel zu holen
Dia kembali ke meja untuk mendapatkan kunci
aber sie merkte, daß sie nicht hoch genug greifen konnte
tetapi dia mendapati dia tidak dapat mencapai cukup tinggi
Sie konnte den Schlüssel ganz deutlich durch das Glas sehen
dia dapat melihat kunci dengan jelas melalui kaca
Sie versuchte, die Beine des Tisches hinaufzuklettern
Dia cuba memanjat kaki meja
Aber das Glas war viel zu rutschig
tetapi kaca itu terlalu licin
Irgendwann erschöpfte sie sich mit dem Versuch
akhirnya dia letih dengan mencuba
Und das arme kleine Mädchen setzte sich hin und weinte
dan gadis kecil yang malang itu duduk dan menangis
Alice sprach ziemlich scharf mit sich selbst
Alice bercakap kepada dirinya sendiri dengan agak tajam
"Komm, es hat keinen Zweck, so zu weinen!"
"Ayo, tidak ada gunanya menangis seperti itu!"
"Ich rate dir, gleich aufzuhören!"
"Saya menasihati anda untuk berhenti sebentar ini!"
Sie gab sich im Allgemeinen sehr gute Ratschläge
Dia biasanya memberi nasihat yang sangat baik kepada dirinya sendiri
obwohl sie nur sehr selten ihren eigenen Rat befolgte
walaupun dia sangat jarang mengikut nasihatnya sendiri
und sie war manchmal zu streng mit sich selbst

dan kadang-kadang dia terlalu keras terhadap dirinya sendiri
und ihre Worte trieben ihr Tränen in die Augen
dan kata-katanya membawa air mata ke matanya
Bald fiel ihr Blick auf einen kleinen Glaskasten
Tidak lama kemudian matanya tertuju pada sebuah kotak
kaca kecil
Der kleine Glaskasten lag unter dem Tisch
kotak kaca kecil itu terletak di bawah meja
In dem Glaskasten befand sich ein sehr kleiner Kuchen
Di dalam kotak kaca terdapat kek yang sangat kecil
Auf dem Kuchen waren einige Worte schön geschrieben
Pada kek beberapa perkataan ditulis dengan indah
die Worte waren in Johannisbeeren markiert worden
kata-kata itu telah ditandakan dalam kismis
"MICH ESSEN"
"MAKAN SAYA"
"Nun, ich werde den Kuchen essen," sagte Alice
"Baiklah, saya akan makan kek itu," kata Alice
**"Und wenn mich der Kuchen größer werden lässt, kann ich
den Schlüssel erreichen"**
"dan jika kek itu membuatkan saya membesar, saya boleh
mencapai kuncinya"
**"Und wenn mich der Kuchen kleiner werden lässt, kann ich
unter die Tür kriechen"**
"dan jika kek itu membuatkan saya menjadi lebih kecil, saya
boleh merayap di bawah pintu"
"Also so oder so komme ich in den Garten"
"jadi walau apa pun saya akan masuk ke taman"
"Und es ist mir egal, was von beidem passiert!"
"dan saya tidak peduli yang mana antara kedua-duanya
berlaku!"
Sie aß ein wenig von dem Kuchen
Dia makan sedikit kek
und sie sprach ängstlich zu sich selbst:
dan dia dengan cemas bercakap kepada dirinya sendiri:
"In welche Richtung? In welche Richtung?"
"Arah mana? Ke arah mana?"

und sie hielt die Hand auf den Kopf
dan dia memegang tangannya di atas kepalanya
Sie wollte spüren, in welche Richtung sie wuchs
dia mahu merasakan ke arah mana dia membesar
Sie war ganz überrascht, als sie erfuhr, was geschehen war
dia agak terkejut apabila mengetahui apa yang telah berlaku
Sie war gleich groß geblieben!
dia kekal saiz yang sama!
Also verdoppelte sie dieses Mal ihre Bemühungen
jadi kali ini dia menggandakan usahanya
Und bald war der ganze Kuchen fertig
dan tidak lama kemudian dia menghabiskan keseluruhan kek

Der Pool der Tränen
Kumpulan Air Mata

"Das wird immer interessanter!" rief Alice

"Ini semakin menarik!" jerit Alice

Man kann sehen, dass sie sehr überrascht war

Anda boleh lihat dia sangat terkejut

"Ich öffne mich wie das größte Teleskop, das es je gab!"

"Saya membuka seperti teleskop terbesar yang pernah ada!"

»Auf Wiedersehen, Füße! Oh, meine armen kleinen Füße"

"Selamat tinggal, kaki! Oh, kaki kecil saya yang malang"

"Ich frage mich, wer euch jetzt die Schuhe anziehen wird, meine Lieben?"

"Saya tertanya-tanya siapa yang akan memakai kasut anda untuk anda sekarang, sayang?"

»und ich frage mich, wer Ihre Strümpfe anziehen wird?«

"dan saya tertanya-tanya siapa yang akan memakai stoking anda?"

"Ich werde viel zu weit weg sein"

"Saya akan terlalu jauh"

"Ich werde mich nicht mehr um dich kümmern können"

"Saya tidak akan dapat menyusahkan diri saya tentang awak lagi"

In diesem Augenblick schlug ihr Kopf gegen etwas

Tepat pada masa ini kepalanya memukul sesuatu

Sie hatte das Dach des Saales erreicht

dia telah sampai ke bumbung dewan

Tatsächlich war sie jetzt mehr als zwei Meter groß

sebenarnya, dia kini lebih daripada dua meter tinggi

und sie ergriff sogleich den kleinen goldenen Schlüssel

dan dia segera mengambil kunci emas kecil itu

und sie eilte zur Gartentür

dan dia bergegas ke pintu taman

Arme Alice! Es gab nicht viel, was sie tun konnte

Alice yang malang! Tidak banyak yang boleh dia lakukan

Sie legte sich auf die Seite

dia berbaring di satu sisi

Und sie blickte mit einem Auge in den Garten hinein

dan dia melihat ke dalam taman dengan sebelah mata

Aber durchzukommen war hoffnungsloser denn je

tetapi untuk melaluinya lebih putus asa daripada sebelumnya

Sie setzte sich und fing wieder an zu weinen

Dia duduk dan mula menangis lagi

Sie fuhr fort, literweise Tränen zu vergießen

Dia terus menitikkan gelen air mata

Bald war ein großer Pool um sie herum

Tidak lama kemudian terdapat kolam besar di sekelilingnya

und das Wasser reichte bis zur Hälfte des Flurs

dan air sampai separuh jalan ke bawah dewan

Nach einer Weile hörte sie ein leises Getrappel von Füßen

Selepas beberapa ketika, dia mendengar sedikit bunyi kaki

Sie hörte die Füße aus der Ferne kommen

dia mendengar kaki datang dari kejauhan

Und sie trocknete sich hastig die Augen, um zu sehen, was kommen würde

dan dia tergesa-gesa mengeringkan matanya untuk melihat apa yang akan berlaku

Es war das weiße Kaninchen, das zurückkehrte

Ia adalah Arnab Putih yang kembali

Er war prächtig gekleidet

dia berpakaian cantik

Er hatte ein Paar weiße Handschuhe in der einen Hand

dia mempunyai sepasang sarung tangan putih di satu tangan

Und in der anderen Hand hatte er einen großen Federfächer

dan dia mempunyai kipas bulu besar di tangan yang lain

Er kam in großer Eile dahergetrabt

Dia datang berlari dengan tergesa-gesa

und er murmelte vor sich hin: »Ach! die Herzogin, die Herzogin!«

dan dia bergumam pada dirinya sendiri, "Oh! Duchess, Duchess!"

»Ach! wird sie nicht wild sein, wenn ich sie habe warten lassen?«

"Oh! bukankah dia akan biadab jika saya membiarkannya menunggu!"

Als das Kaninchen in ihre Nähe kam, sprach Alice
Apabila Arnab menghampirinya, Alice bercakap
aber sie sprach mit leiser, schüchterner Stimme
tetapi dia bercakap dengan suara rendah dan malu-malu
"Sir, bitte hören Sie für einen Moment auf, was Sie tun"
"Tuan, tolong hentikan apa yang anda lakukan sebentar"
Das Kaninchen erschrak heftig
Arnab itu terkejut dengan ganas
Er ließ die weißen Handschuhe und den Federfächer fallen
Dia menjatuhkan sarung tangan putih dan kipas bulu
und er eilte fort in die Dunkelheit, so schnell er konnte
dan dia bergegas pergi ke dalam kegelapan secepat yang dia
boleh
Alice hob den Federfächer und die Handschuhe auf
Alice mengambil kipas bulu dan sarung tangan
**Und sie fächelte sich immer wieder Luft zu, während sie
sprach**
dan dia terus mengipasi dirinya sendiri semasa dia terus
bercakap
»Liebes, liebes Kind! Wie seltsam ist das alles heute!"

"Sayang, sayang! Betapa pelik segala-galanya hari ini!"
"Gestern ging es weiter wie bisher"
"Semalam keadaan berjalan seperti biasa"
"War ich heute Morgen noch so, als ich aufgestanden bin?"
"Adakah saya sama ketika saya bangun pagi ini?"
"Aber wenn ich nicht mehr derselbe bin, dann ist das eine andere Frage"
"Tetapi jika saya tidak sama, ada soalan lain"
"Wer in aller Welt bin ich?"
"Siapa saya di dunia ini?"
"Ah, das ist das große Rätsel!"
"Ah, itu teka-teki yang hebat!"
Während sie das sagte, blickte sie auf ihre Hände hinunter
Semasa dia mengatakan ini, dia melihat ke bawah pada tangannya
Sie trug einen der kleinen weißen Handschuhe des Kaninchens
Dia memakai salah satu sarung tangan putih kecil arnab
Sie hatte nicht bemerkt, dass sie den Handschuh angezogen hatte, während sie sprach
Dia tidak perasan dia memakai sarung tangan semasa bercakap
"Wie konnte ich das machen?" dachte sie
"Bagaimana saya boleh melakukannya?" fikirnya
"Ich muss wieder klein werden"
"Saya mesti menjadi kecil lagi"
Sie stand auf und ging zum Tisch, um ihre Größe zu messen
Dia bangun dan pergi ke meja untuk mengukur ketinggiannya
Sie stellte fest, dass sie jetzt etwa einen halben Meter groß war
Dia mendapati bahawa dia kini kira-kira setengah meter tinggi
und sie schrumpfte immer noch schnell
dan dia masih mengecut dengan cepat
Bald fand sie heraus, was die Ursache für das Schrumpfen war
Dia tidak lama kemudian mengetahui apa punca pengecutan

itu

Der Federfächer machte sie wieder kleiner!

kipas bulu itu menjadikannya lebih kecil lagi!

Und sie ließ hastig den Federfächer fallen

dan dia menjatuhkan kipas bulu itu dengan tergesa-gesa

Sie ließ den Federfächer gerade noch rechtzeitig fallen, um sich zu retten

Dia menjatuhkan kipas bulu tepat pada masanya untuk menyelamatkan dirinya

Hätte sie sich noch länger Luft zugefächelt, wäre sie völlig zusammengeschrumpft

Sekiranya dia mengipasi dirinya lebih lama lagi, dia akan mengecil sepenuhnya

»Das war ein knappes Entkommen!« sagte Alice

"Itu adalah pelarian yang sempit!" kata Alice

und sie erschrak sehr über die plötzliche Veränderung

dan dia sangat takut dengan perubahan mendadak itu

aber sie war sehr froh, daß sie noch da war

tetapi dia sangat gembira mendapati dirinya masih wujud

"Und jetzt ab in den Garten!"

"Dan sekarang, pergi ke taman!"

Und sie lief mit aller Geschwindigkeit zurück zu der kleinen Tür

Dan dia berlari dengan semua kelajuan kembali ke pintu kecil itu

Aber ach! Das Türchen wurde wieder geschlossen

tetapi, malangnya! pintu kecil itu ditutup semula

Und das goldene Schlüsselchen lag wieder auf dem Glastisch

dan kunci emas kecil itu terletak di atas meja kaca lagi

"Es ist schlimmer als je!" dachte das arme Kind

"Keadaan lebih teruk daripada sebelumnya," fikir kanak-kanak malang itu

"So klein war ich noch nie, niemals!"

"Saya tidak pernah sekecil ini sebelum ini, tidak pernah!"

Bei diesen Worten rutschte ihr Fuß aus

Semasa dia mengucapkan kata-kata ini, kakinya tergelincir

Und im nächsten Augenblick gab es ein großes Plätschern!

dan pada saat lain terdapat percikan yang hebat!

Sie stand bis zum Kinn im Salzwasser

dia sampai ke dagunya dalam air masin

Ihre erste Idee war, dass sie irgendwie ins Meer gefallen war

Idea pertamanya ialah dia entah bagaimana telah jatuh ke dalam laut

Sie erkannte jedoch bald, worin sie sich befand

Walau bagaimanapun, dia tidak lama kemudian menyedari apa yang dia hadapi

Sie war in einer Tränenlache

dia berada dalam kolam air mata

die Tränen, die sie geweint hatte, als sie zwei Meter groß war

air mata yang dia tangiskan ketika dia setinggi dua meter

In diesem Augenblick hörte sie etwas
Sejurus itu dia mendengar sesuatu
Etwas plätscherte im Pool herum
ada sesuatu yang terpercik di dalam kolam
Das Plätschern kam aus einiger Entfernung
percikan itu datang dari jarak yang agak jauh
und sie schwamm näher, um zu sehen, was das Plätschern war
dan dia berenang lebih dekat untuk melihat apa percikan itu
Bald sah sie, dass es nur eine kleine Maus war
dia segera melihat bahawa itu hanya seekor tikus kecil
Auch die kleine Maus war ins Wasser geschlüpft
Tikus kecil itu juga telah menyelinap ke dalam air
Alice dachte bei sich über die Situation nach
Alice berfikir sendiri tentang keadaan itu
"Würde es etwas nützen, mit dieser Maus zu sprechen?"
"Adakah gunanya bercakap dengan tikus ini?"
"Hier unten steht alles auf dem Kopf"
"Segala-galanya sangat terbalik di sini"
"Ich denke, es ist sehr wahrscheinlich, dass diese Maus sprechen kann."
"Saya harus fikir kemungkinan besar tikus ini boleh bercakap"
"Es schadet jedenfalls nicht, es zu versuchen"
"Walau apa pun, tidak ada salahnya mencuba"
Also begann sie zu versuchen, mit der Maus zu sprechen
Jadi dia mula cuba bercakap dengan tikus itu
"Oh Maus, kennst du den Weg aus diesem Pool?"
"Oh Tikus, adakah anda tahu jalan keluar dari kolam ini?"
"Ich bin es leid, hier herumzuschwimmen, oh Maus!"
"Saya sangat bosan berenang di sini, Oh Mouse!"
Die Maus schaute sie ziemlich neugierig an
Tikus itu memandangnya agak ingin tahu
Die Maus schien mit einem ihrer kleinen Augen zu blinzeln
Tikus itu seolah-olah mengedipkan mata dengan salah satu mata kecilnya
Aber die kleine Maus sagte nichts
tetapi tikus kecil itu tidak berkata apa-apa

"Vielleicht versteht die Maus kein Englisch!" dachte Alice

"Mungkin tikus itu tidak mengerti bahasa Inggeris," fikir Alice

"Ich wage zu behaupten, es ist eine französische Maus"

"Saya berani katakan ia tikus Perancis"

"Vielleicht kam diese Maus mit Wilhelm dem Eroberer herüber"

"mungkin tikus ini datang bersama William the Conqueror"

Also fing sie wieder an, auf Französisch

Jadi dia bermula lagi, dalam bahasa Perancis

"Wo ist meine Katze?", fragte sie auf Französisch

"Di mana kucing saya?" tanya dia dalam bahasa Perancis

es war der erste Satz in ihrem französischen Unterrichtsbuch

ia adalah ayat pertama dalam buku pelajaran Perancisnya

Die Maus machte einen plötzlichen Sprung aus dem Wasser

Tikus itu tiba-tiba melompat keluar dari air

Und die Maus schien am ganzen Leibe vor Schreck zu zittern

dan tikus itu seolah-olah menggemetar kerana ketakutan

"Oh, ich bitte um Verzeihung!" rief Alice hastig

"Oh, saya mohon maaf!" jerit Alice tergesa-gesa

Sie fürchtete, sie habe die Gefühle des armen Tieres verletzt

Dia takut bahawa dia telah menyakiti perasaan haiwan malang itu

"Ich habe ganz vergessen, dass du keine Katzen magst"

"Saya agak lupa awak tidak suka kucing"

"Ich mag keine Katzen!" rief die Maus mit schriller, leidenschaftlicher Stimme

"Saya tidak suka kucing!" jerit Tikus dengan suara yang melengking dan bersemangat

"Hättest du gerne Katzen, wenn du ich wärst?"

"Adakah anda mahu kucing, jika anda saya?"

Alice tröstete die Maus in einem beruhigenden Ton

Alice menghiburkan tetikus itu dengan nada yang menenangkan

"Naja, vielleicht würde ich an deiner Stelle auch keine Katzen mögen"

"Baiklah, mungkin saya tidak akan suka kucing jika saya jadi awak juga"

"Bitte ärgern Sie sich nicht über die Erwähnung von Katzen"

"Tolong jangan marah dengan sebutan kucing"

"Und doch wünschte ich, ich könnte dir unsere Katze Dina zeigen"

"Namun saya harap saya boleh menunjukkan kepada anda kucing kami Dinah"

"Wenn du sie treffen würdest, würdest du wohl Gefallen an Katzen finden"

"jika anda bertemu dengannya, saya rasa anda akan menyukai kucing"

"Wenn du sie nur sehen könntest"

"Jika anda hanya boleh melihatnya"

"Sie ist so ein liebes, stilles Ding"

"Dia adalah perkara yang sangat sayang dan pendiam"

Die Maus zitterte am ganzen Körper

Tikus itu menggeletar di seluruh badan

Alice war sich sicher, dass die Maus wirklich beleidigt sein musste

Alice berasa pasti tetikus itu mesti benar-benar tersinggung

"Wir reden nicht mehr über sie, wenn du lieber nicht willst"

"Kami tidak akan bercakap tentang dia lagi, jika anda lebih suka tidak"

"Wir, allerdings!" rief die Maus

"Kami, sememangnya!" jerit Tikus

Die Maus zitterte bis zum Ende ihres Schwanzes

Tikus itu menggeletar ke hujung ekornya

»Als ob ich über so ein Thema reden würde!«

"Seolah-olah saya akan bercakap mengenai subjek sedemikian!"

"Unsere Familie hat Katzen schon immer gehasst"

"Keluarga kami sentiasa membenci kucing"

"Katzen; Gemeine, niedrige, gemeine Dinger!"

"kucing; Perkara yang jahat, rendah, kesat!"

"Laß mich den Namen nicht noch einmal hören!"

"Jangan biarkan saya mendengar nama itu lagi!"

"Katzen will ich ja nicht mehr erwähnen!" sagte Alice

"Saya tidak akan menyebut kucing lagi!" kata Alice
Sie hatte es sehr eilig, das Thema zu wechseln
dia sangat tergesa-gesa untuk menukar subjek
"Bist du... Lieben Sie Hunde?«
"Adakah awak... adakah anda suka anjing?"
"Es gibt so einen netten kleinen Hund in der Nähe unseres Hauses."
"Terdapat seekor anjing kecil yang bagus berhampiran rumah kami,"
"Ich möchte dir den kleinen Hund zeigen!"
"Saya ingin menunjukkan kepada anda anjing kecil itu!"
"Dieser kleine Hund tötet alle Ratten und...
"Anjing kecil ini membunuh semua tikus dan...
»O je!« rief Alice in traurigem Tone
"Oh, sayang!" jerit Alice dengan nada sedih
»Ich fürchte, ich habe dich schon wieder beleidigt!«
"Saya takut saya telah menyinggung perasaan awak lagi!"
Die Maus schwamm so schnell sie konnte von ihr weg
Tikus itu berenang menjauhinya secepat yang boleh
Und die Maus machte einen ziemlichen Aufruhr im Tümpel
dan tikus itu membuat kekecohan di dalam kolam
Da rief sie leise der Maus nach
Oleh itu, dia memanggil dengan lembut selepas tetikus itu
"Meine liebe Maus, komm bitte zurück!"
"Tikus sayangku, sila kembali!"
"Und wir werden nicht über Katzen sprechen"
"Dan kita tidak akan bercakap tentang kucing"
"Und über Hunde müssen wir auch nicht reden"
"Dan kita juga tidak perlu bercakap tentang anjing"
Als die Maus das hörte, drehte sie sich um
Apabila tetikus mendengar ini, ia berpaling
Und die kleine Maus schwamm langsam zu ihr zurück
dan tikus kecil itu berenang perlahan-lahan kembali kepadanya
Das Gesicht der Maus war ganz blaß
Muka tikus itu agak pucat
Und die Maus sprach mit leiser, zitternder Stimme

dan tikus itu bercakap, dengan suara rendah dan gemetar
"Lasst uns ans Ufer gehen"
"Mari kita pergi ke pantai"
"Und dann erzähle ich dir meine Geschichte"
"dan kemudian saya akan memberitahu anda sejarah saya"
"Und du wirst verstehen, warum ich Katzen und Hunde hasse"
"dan anda akan faham mengapa saya benci kucing dan anjing"
Es war höchste Zeit zu gehen
Sudah tiba masanya untuk pergi
weil der Pool ziemlich voll wurde
kerana kolam itu semakin sesak
Andere Vögel und Tiere waren in den Pool gefallen
burung dan haiwan lain telah jatuh ke dalam kolam
es gab eine Ente und einen Dodo
terdapat Itik dan Dodo
und da waren ein Lory-Vogel und ein Adler
dan terdapat seekor burung Lory dan seekor Eaglet
und es gab noch einige andere interessant aussehende Kreaturen
dan terdapat beberapa makhluk lain yang kelihatan menarik
Alice führte den Weg aus dem Pool
Alice mengetuai jalan keluar dari kolam
und die ganze Gesellschaft der Tiere schwamm ans Ufer
dan seluruh kumpulan haiwan berenang ke pantai

Ein Caucus-Rennen und ein langer Schwanz
Perlumbaan kaukus dan ekor panjang
Es waren in der Tat ein lustig aussehender Haufen Tiere
Mereka sememangnya sekumpulan haiwan yang kelihatan
lucu
und sie versammelten sich alle am Ufer des Wassers
dan mereka semua berkumpul di tebing air
die Vögel hatten alle zerzauste Federn
Burung-burung itu semua mempunyai bulu yang diseret
und die pelzigen Tiere waren durchnässt
dan haiwan berbulu itu basah kuyup
und alle waren triefend nass, genervt und unwohl
dan semua menitis basah, jengkel dan tidak selesa

Es gab eine Frage, die zuerst beantwortet werden musste
Terdapat satu soalan yang perlu dijawab terlebih dahulu
Was ist der beste Weg für alle, um trocken zu werden?
Apakah cara terbaik untuk semua orang kering?
Sie hatten eine Konsultation zu diesem Thema
Mereka telah berunding mengenai perkara ini
Bald waren sie alle auf vertrautem Einvernehmen
tidak lama kemudian mereka semua berada dalam istilah
yang biasa
Es war, als ob sie sie ihr ganzes Leben lang gekannt hätte
seolah-olah dia telah mengenali mereka sepanjang hidupnya
Die Maus schien eine Person mit einer gewissen Autorität

zu sein

Tikus itu nampaknya seorang yang mempunyai kuasa tertentu

"Setzt euch, ihr alle, und hört mir zu!

"Duduklah, anda semua, dan dengar saya!

"Ich werde euch bald wieder alle trocken machen!"

"Saya akan membuat anda semua kering lagi!"

Sie setzten sich alle auf einmal in einem großen Ring nieder

Mereka semua duduk serentak, dalam gelanggang besar

Und die kleine Maus saß in der Mitte

dan tikus kecil itu duduk di tengah

"Ähm!" sagte die Maus mit einer wichtigen Miene

"Ahem!" kata tikus itu dengan udara penting

"Seid ihr bereit?"

"Adakah anda semua bersedia?"

"Das ist das Trockenste, was ich kenne"

"Ini adalah perkara paling kering yang saya tahu"

»Schweigen Sie ringsum, wenn Sie wollen!«

"Diam di sekeliling, jika anda suka!"

"Wilhelm der Eroberer wurde vom Papst begünstigt"

"William the Conqueror telah disukai oleh paus"

"aber er wurde bald von den Engländern unterworfen"

"tetapi dia tidak lama kemudian diserahkan kepada orang Inggeris"

"Sie wollten in letzter Zeit Führer"

"Mereka mahukan pemimpin akhir-akhir ini"

"Und sie waren an Macht und Eroberung gewöhnt"

"dan mereka telah terbiasa dengan kuasa dan penaklukan"

"Edwin und Morcar, die Grafen von Mercia und Northumbria"

"Edwin dan Morcar, Earl Mercia dan Northumbria"

»Pfui!« sagte der Lori-Vogel mit einem Schauer

"Ugh!" kata burung lori itu, dengan menggigil

"und sogar Stigand, der patriotische Erzbischof von Canterbury"

"dan juga Stigand, uskup agung patriotik Canterbury"

"Er fand es auch ratsam"

"Dia juga mendapati ia dinasihatkan"
"Was hielt er für ratsam?" fragte die Ente
"Apa yang dia dapati dinasihatkan?" kata itik itu
"Er fand es ratsam", antwortete die Maus ziemlich verärgert
"Dia mendapati ia dinasihatkan," jawab tikus itu agak
bersilang
aber die Ente war nicht zufrieden
Tetapi itik itu tidak berpuas hati
"Natürlich weißt du, was 'es' bedeutet"
"Sudah tentu, anda tahu apa maksud 'itu'"
"Ich weiß, was es ist, wenn ich etwas finde," sagte die Ente
"Saya tahu apa itu 'itu' apabila saya menemui sesuatu," kata
itik itu
"Es ist in der Regel ein Frosch oder ein Wurm"
"Ia biasanya katak atau cacing"
"Die Frage ist, was hat der Erzbischof gefunden?"
"Persoalannya ialah, apa yang ditemui oleh uskup agung?"
Die Maus bemerkte diese Frage nicht
Tetikus tidak menyedari soalan ini
Stattdessen fuhr die Maus hastig mit der Rede fort
sebaliknya, tikus itu tergesa-gesa meneruskan ucapan itu
"Er fand es ratsam, mit Edgar Atheling zu gehen"
"dia mendapati dinasihatkan untuk pergi dengan Edgar
Atheling"
"um William zu treffen und ihm die Krone anzubieten"
"untuk bertemu William dan menawarkan mahkota
kepadanya"
fuhr die Maus fort und wandte sich dabei an Alice
tetikus itu meneruskan, berpaling kepada Alice semasa ia
bercakap
»Wie geht es dir jetzt, meine Liebe?«
"Bagaimana khabar awak sekarang, sayangku?"
»So naß wie immer,« sagte Alice in melancholischem Tone
"Basah seperti biasa," kata Alice dengan nada sedih
**"Diese Geschichte scheint mich überhaupt nicht
auszutrocknen"**
"Cerita ini nampaknya tidak mengeringkan saya sama sekali"

»In diesem Falle,« sagte der Dodo feierlich und erhob sich
"Dalam kes itu," kata dodo itu dengan sungguh-sungguh,
bangkit berdiri.
"Ich stimme dafür, dass die Sitzung vertagt wird"
"Saya mengundi bahawa mesyuarat itu ditangguhkan"
"und ich schlage vor, sofort energischere Heilmittel zu
ergreifen"
"dan saya mencadangkan penggunaan segera ubat-ubatan
yang lebih bertenaga"
"Sprich wahre Worte!" sagte der Adler
"Ucapkan kata-kata sebenar!" kata helang itu
"Ich weiß nicht, was die Hälfte dieser langen Worte
bedeutet"
"Saya tidak tahu maksud separuh daripada kata-kata panjang
itu"
»und außerdem glaube ich nicht, daß Sie es wissen!«
"dan, lebih-lebih lagi, saya tidak percaya anda juga tahu!"
»Was ich sagen wollte«, sagte der Dodo in beleidigtem Ton
"Apa yang akan saya katakan," kata dodo itu dengan nada
tersinggung
"Das Beste, was uns trocken kriegt, wäre ein Caucus-
Rennen"
"Perkara terbaik untuk mengeringkan kita ialah perlumbaan
kaukus"
»Was ist ein Caucus-Rennen?« fragte Alice
"Apa itu perlumbaan kaukus?" kata Alice

"Nun", sagte der Dodo, "der beste Weg, es zu erklären, ist, es zu tun."

"Baiklah," kata dodo, "cara terbaik untuk menjelaskannya ialah melakukannya"

"Zuerst steckte der Dodo eine Rennbahn ab"

"Mula-mula dodo menandakan padang perlumbaan"

"Die Strecke verlief in einer Art Kreis"

"Trek itu berada dalam sejenis bulatan"

"Und dann wurde die ganze Gesellschaft entlang der Strecke platziert"

"dan kemudian semua parti diletakkan di sepanjang laluan"

Es gab kein "Eins, zwei, drei und weg!"

Tiada "Satu, dua, tiga dan jauh!"

aber sie fingen an zu rennen, wann sie wollten

tetapi mereka mula berlari apabila mereka suka

Und sie beendeten auch, wenn sie wollten

dan mereka juga selesai apabila mereka suka

Es war also nicht einfach zu wissen, wann das Rennen vorbei war

Jadi tidak mudah untuk mengetahui bila perlumbaan berakhir

Nach etwa einer halben Stunde Laufen waren sie alle ziemlich trocken

Selepas setengah jam atau lebih berlari, mereka semua agak kering

der Dodo rief plötzlich: "Das Rennen ist vorbei!"

dodo tiba-tiba memanggil, "Perlumbaan telah berakhir!"

Und sie drängten sich alle um den Dodo

dan mereka semua bersesak di sekeliling dodo

Alle Tiere hechelten und schnauften

semua haiwan tercungap-cungap dan terengah-engah

und sie alle wollten wissen: "Aber wer hat gewonnen?"

dan mereka semua ingin tahu, "Tetapi siapa yang menang?"

Diese Frage konnte der Dodo nicht sofort beantworten

Soalan ini dodo tidak dapat segera menjawab

Zuerst musste er sehr viel nachdenken

Mula-mula dia terpaksa melakukan banyak pemikiran

Nach langem Nachdenken sprach der Dodo schließlich

Selepas banyak berfikir, Dodo akhirnya bercakap

"Jeder hat gewonnen, und jeder muss Preise haben"

"Semua orang telah menang, dan semua mesti mempunyai hadiah"

»Aber wer soll die Preise geben?« fragte ein Chor von Stimmen

"Tetapi siapa yang akan memberikan hadiah?" tanya korus suara

"Nun, sie natürlich", sagte der Dodo

"Baiklah, dia, tentu saja," kata dodo

und der Dodo deutete mit einem Finger auf Alice

dan dodo itu menunjuk dengan satu jari kepada Alice

und die ganze Gesellschaft von Tieren drängte sich um sie

dan seluruh kumpulan haiwan berkerumun di sekelilingnya

sie riefen verwirrt: »Preise! Preise!"

mereka memanggil, dengan cara yang keliru, "Hadiah! Hadiah!"

Alice hatte keine Ahnung, was sie tun sollte

Alice tidak tahu apa yang perlu dilakukan

Verzweifelt steckte sie die Hand in die Tasche

dalam keputusasaan dia memasukkan tangannya ke dalam poketnya

Und sie zog eine Schachtel mit Süßigkeiten hervor

dan dia mengeluarkan sekotak gula-gula

Glücklicherweise war das Salzwasser nicht in den Kasten gelangt

nasib baik air masin tidak masuk ke dalam kotak

Und sie reichte die Süßigkeiten als Preise herum

dan dia menyerahkan gula-gula itu sebagai hadiah

Es gab genau ein Stück für jeden

Terdapat betul-betul satu bahagian untuk semua orang

Das nächste, was sie tun mussten, war, die Süßigkeiten zu essen

Perkara seterusnya yang perlu mereka lakukan ialah makan gula-gula

Dies verursachte einige Geräusche und Verwirrung

Ini menyebabkan sedikit bunyi bising dan kekeliruan

Die großen Vögel klagten, dass sie ihre Süßigkeiten nicht
schmecken konnten
burung-burung besar mengadu bahawa mereka tidak dapat
merasai gula-gula mereka
Die Kleinen verschluckten sich und mussten auf den
Rücken geklopft werden
yang kecil tercekik dan terpaksa ditepuk di belakang
Doch dann war es endlich vorbei
Walau bagaimanapun, ia akhirnya berakhir
Und sie setzten sich wieder in einem Ring nieder
dan mereka duduk semula dalam gelanggang
Und sie flehten die Maus an, ihnen noch etwas zu erzählen
dan mereka merayu tikus untuk memberitahu mereka sesuatu
yang lebih
»Du hast versprochen, mir deine Geschichte zu erzählen,
weißt du,« sagte Alice
"Anda berjanji untuk memberitahu saya sejarah anda, anda
tahu," kata Alice
und sie machte noch eine kleine Bemerkung über Katzen im
Flüsterton
dan dia membuat satu lagi kenyataan kecil tentang kucing
dalam bisikan
Sie wollte die Maus nicht noch einmal beleidigen
dia tidak mahu menyinggung perasaan tetikus itu lagi
die kleine Maus drehte sich zu Alice um und seufzte
tikus kecil itu berpaling kepada Alice dan menghela nafas
"Meine Geschichte ist lang und traurig!"
"Kisah saya adalah kisah yang panjang dan menyedihkan!"
»Es ist gewiß ein langer Schwanz,« sagte Alice
"Ia adalah ekor yang panjang, pasti," kata Alice
Und sie blickte verwundert auf den Schwanz der Maus
hinunter
dan dia melihat ke bawah dengan tertanya-tanya pada ekor
tikus itu
"Aber warum nennst du es einen traurigen Schwanz?"
"Tetapi mengapa anda memanggilnya ekor sedih?"
Und sie rätselte unaufhörlich, während die Maus sprach

Dan dia terus membingungkan mengenainya semasa tikus itu bercakap

so daß ihre Vorstellung von der Geschichte ungefähr so aussah

supaya ideanya tentang kisah itu adalah seperti ini

<pre>
              "Fury said to
                a mouse, That
                  he met in the
                    house, 'Let
                      us both go
                        to law: I
                        will prosecute
                        you.—
                        Come, I'll
                        take no denial:
                        We must have
                      the trial;
                    For really
                  this morning
              I've
              nothing
              to do.'
                Said the
                  mouse to
                    the cur,
                      'Such a
                        trial, dear
                          sir, With
                            no jury
                              or judge,
                              would
                              be wasting
                            our
                          breath.'
                        'I'll be
                        judge,
                      I'll be
                    jury,'
                  said
                  cunning
                    old
                      Fury;
                        'I'll
                          try
                            the
                              whole
                                cause,
                                and
                                condemn
                              you to
                        death.'"
</pre>

Fury sagte zu einer Maus, die er im Haus getroffen hat."
Fury berkata kepada seekor tikus, Bahawa dia bertemu di
dalam rumah"
Lasst uns beide vor Gericht gehen: Ich werde euch anklagen
Marilah kita berdua pergi ke undang-undang: Saya akan
mendakwa anda
**Kommen Sie, ich leugne es nicht: Wir müssen den Prozeß
haben**
Datanglah, saya tidak akan menafikan: Kita mesti mempunyai
perbicaraan
Denn heute morgen habe ich wirklich nichts zu tun
Untuk benar-benar pagi ini saya tiada apa-apa untuk
dilakukan
Sagte die Maus zum Pfarrer;
Kata tikus kepada kurir;
**Ein solcher Prozeß, lieber Herr, ohne Geschworene und
Richter, würde uns den Atem rauben**
Perbicaraan seperti itu, tuan yang dihormati, Tanpa juri atau
hakim, akan membazirkan nafas kita
**»Ich werde Richter sein, ich werde Geschworener sein«,
sagte der schlaue alte Fury**
"Saya akan menjadi hakim, saya akan menjadi juri," kata Fury
tua yang licik
**Ich werde die ganze Sache prüfen und dich zum Tode
verurteilen**
Saya akan mencuba keseluruhan perjuangan, dan mengutuk
anda hingga mati
die Maus sprach streng zu Alice
tikus itu bercakap dengan keras kepada Alice
"Du passt nicht auf!"
"Anda tidak memberi perhatian!"
"Woran denkst du?"
"Apa yang kamu fikirkan?"
»Ich bitte um Verzeihung,« sagte Alice sehr demütig
"Saya mohon maaf," kata Alice dengan rendah hati
»Sie waren in der fünften Kurve angelangt, glaube ich?«
"Anda telah sampai ke selekoh kelima, saya rasa?"

"Du beleidigst mich, indem du so einen Unsinn redest!"
"Awak menghina saya dengan bercakap omong kosong
seperti itu!"
Und die Maus stand auf und ging weg
dan tikus itu bangun dan berjalan pergi
Alice rief der kleinen Maus hinterher
Alice memanggil tikus kecil itu
"Bitte komm zurück und beende deine Geschichte!"
"Sila kembali dan selesaikan cerita anda!"
Und die andern stimmten alle in den Chor ein
Dan yang lain semua menyertai korus
"Ja, bitte beenden Sie Ihre Geschichte!"
"Ya, tolong selesaikan cerita anda!"
Aber die Maus schüttelte nur ungeduldig den Kopf
Tetapi tikus itu hanya menggelengkan kepalanya dengan
tidak sabar
Und die kleine Maus ging ein wenig schneller
dan tikus kecil itu berjalan sedikit lebih pantas
**"Ich wünschte, ich hätte Dinah, unsere Katze, hier!" sagte
Alice**
"Saya harap saya mempunyai Dinah, kucing kami, di sini!"
kata Alice
Dies erregte in der Partei ein bemerkenswertes Aufsehen
Ini menyebabkan sensasi yang luar biasa di kalangan parti
Einige der Vögel eilten sofort davon
Beberapa burung bergegas pergi sekaligus
**und ein Kanarienvogel rief mit zitternder Stimme seinen
Kindern zu;**
dan seekor Canary memanggil dengan suara gemetar, kepada
anak-anaknya;
»Kommt fort, meine Lieben!«
"Pergilah, sayangku!"
"Es ist höchste Zeit, dass ihr alle im Bett seid!"
"Sudah tiba masanya anda semua berada di atas katil!"
Mit verschiedenen Ausreden gingen sie alle weg
Dengan pelbagai alasan mereka semua pergi
und Alice war bald allein

dan Alice tidak lama kemudian ditinggalkan bersendirian
"Ich wünschte, ich hätte Dina nicht erwähnt!"
"Saya harap saya tidak menyebut Dinah!"
"Niemand scheint sie hier unten zu mögen"
"Tiada siapa yang nampaknya menyukainya di sini"
"Aber ich bin mir sicher, dass sie die beste Katze von der Welt ist!"
"tetapi saya pasti dia kucing terbaik di dunia!"
Die arme Alice fing wieder an zu weinen
Alice yang malang mula menangis lagi
weil sie sich sehr einsam und niedergeschlagen fühlte
kerana dia berasa sangat kesepian dan rendah semangat
Nach einer Weile aber hörte sie wieder etwas
Walau bagaimanapun, dalam beberapa ketika, dia sekali lagi mendengar sesuatu
ein leises Getrappel von Schritten in der Ferne
sedikit bunyi langkah kaki di kejauhan
und sie blickte eifrig auf
dan dia mendongak dengan penuh semangat

Der Hase schickt den kleinen Mr. Bill herein
Arnab menghantar Encik Bill kecil

Es war das weiße Kaninchen, das langsam wieder zurücktrabte
Ia adalah arnab putih, berlari perlahan-lahan kembali lagi
Er sah sich ängstlich um, während er ging
dia melihat sekeliling dengan cemas semasa dia pergi
Er sah aus, als hätte er etwas verloren
dia kelihatan seolah-olah dia telah kehilangan sesuatu
Alice hörte, wie er vor sich hin murmelte
Alice mendengar dia bergumam pada dirinya sendiri
»Die Herzogin! Die Herzogin! Oh, meine lieben Pfoten!"
"Duchess! The Duchess! Oh, kaki sayangku!"
"Oh, mein Fell und meine Schnurrhaare!"
"Oh, bulu dan misai saya!"
"Sie wird mich hinrichten lassen, da bin ich mir sicher"
"Dia akan membunuh saya, saya pasti akan itu"
"Genauso sicher, wie Frettchen Frettchen sind!"
"Sama pasti musang adalah musang!"
"Wo kann ich meine Sachen abgestellt haben, frage ich

mich?"

"Di mana saya boleh menjatuhkan barang-barang saya, saya tertanya-tanya?"

Alice erriet in einem Augenblick, was er suchte

Alice meneka dalam sekejap apa yang dia cari

Er war auf der Suche nach dem Federfächer

Dia sedang mencari kipas bulu

Und er suchte nach dem Paar weißer Handschuhe

dan dia sedang mencari sepasang sarung tangan putih itu

So machte sie sich sehr gutmütig auf die Suche nach den Handschuhen

jadi dia dengan baik hati mula mencari sarung tangan itu

Und sie suchte auch nach dem Federfächer

dan dia juga mencari kipas bulu itu

Aber die Handschuhe und der Federfächer waren nirgends zu sehen

tetapi sarung tangan dan kipas bulu tidak dapat dilihat

Alles schien sich verändert zu haben, seit sie im Pool geschwommen war

segala-galanya nampaknya telah berubah sejak dia berenang di kolam renang

Nichts war mehr so, wie es war, seit sie in der Großen Halle gewesen war

Tiada apa yang sama sejak dia berada di dewan besar

und der Glastisch war verschwunden

dan meja kaca telah lenyap

Und die kleine Tür war auch nicht da

dan pintu kecil itu juga tidak ada di sana

Sehr bald bemerkte das Kaninchen Alice

Tidak lama kemudian arnab itu menyedari Alice

rief er ihr in zornigem Ton zu

Dia memanggilnya dengan nada marah

"Mary Ann, was machst du hier draußen?"

"Mary Ann, apa yang kamu lakukan di sini?"

"Lauf in diesem Moment nach Hause"

"Lari pulang kali ini"

"Und hol mir ein Paar Handschuhe und einen Federfächer!"

"Dan ambilkan saya sepasang sarung tangan dan kipas bulu!"

"Und beeil dich!"

"Dan cepat mengenainya!"

Alice sprach mit sich selbst, als sie davonrannte

Alice bercakap kepada dirinya sendiri semasa dia melarikan diri

"Er muss mich für sein Hausmädchen gehalten haben!"

"Dia pasti tersilap saya sebagai pembantu rumahnya!"

"Wie überrascht wird er sein, wenn er herausfindet, wer ich bin!"

"Betapa terkejutnya dia apabila dia mengetahui siapa saya!"

Während sie dies sagte, stieß sie auf ein hübsches Häuschen

Semasa dia mengatakan ini, dia terjumpa sebuah rumah kecil yang kemas

An der Tür des Hauses hing eine helle Messingplatte

Di pintu rumah itu terdapat plat tembaga terang

"W. HASE"

"W. ARNAB"

Sie trat ein, ohne an die Tür zu klopfen

Dia masuk tanpa mengetuk pintu

und sie eilte geradewegs die Treppe hinauf

dan dia bergegas terus ke tingkat atas

sie machte sich Sorgen, dass sie die echte Mary Ann treffen könnte

dia bimbang bahawa dia mungkin bertemu dengan Mary Ann yang sebenar

denn dann würde sie aus dem Haus gejagt werden

kerana kemudian dia akan dihalau keluar dari rumah

Und sie würde den Federfächer und die Handschuhe nicht finden können

dan dia tidak akan dapat mencari kipas bulu dan sarung tangan

Alice hatte den Weg in ein aufgeräumtes Kämmerlein gefunden

Alice telah menemui jalan masuk ke dalam bilik kecil yang kemas

Im Zimmer stand ein Tisch am Fenster

di dalam bilik itu terdapat meja di tepi tingkap
und auf dem Tisch stand ein Federfächer
dan di atas meja terdapat kipas bulu
Und da waren zwei oder drei Paar winzige weiße
Handschuhe
dan terdapat dua atau tiga pasang sarung tangan putih kecil
Sie hob den Federfächer und ein Paar Handschuhe auf
Dia mengambil kipas bulu dan sepasang sarung tangan
und sie war eben im Begriff, das Zimmer zu verlassen
dan dia baru sahaja hendak meninggalkan bilik
Aber dann fiel ihr Blick auf ein Fläschchen
tetapi kemudian matanya tertuju pada botol kecil
Sie entkorkte die Flasche und führte sie an ihre Lippen
Dia membuka tutup botol dan meletakkannya di bibirnya
"Ich hoffe, dass ich dadurch wieder groß werde"
"Saya harap ia akan membuatkan saya membesar semula"
"Ich bin es leid, so ein winziges Ding zu sein!"
"Saya bosan menjadi perkara kecil seperti itu!"
Alice hatte kaum die halbe Flasche getrunken
Alice hampir tidak minum separuh botol
Ihr Kopf drückte bereits gegen die Decke
kepalanya sudah menekan siling
und sie musste sich bücken
dan dia terpaksa membungkuk
um ihr das Genick vor dem Genickbruch zu bewahren
untuk menyelamatkan lehernya daripada patah
Hastig stellte sie die Flasche ab
Dia tergesa-gesa meletakkan botol itu
"Das reicht"
"Itu sudah cukup"
"Ich hoffe, ich wachse nicht mehr"
"Saya harap saya tidak membesar lagi"
Leider! Es war zu spät, das zu wünschen!
Malangnya! Sudah terlambat untuk mengharapkan itu!
Sie wuchs und wuchs weiter
Dia terus berkembang dan berkembang
und sehr bald musste sie sich auf den Boden knien

dan tidak lama kemudian dia terpaksa berlutut di atas lantai
und selbst dann wuchs sie weiter
dan walaupun itu dia terus berkembang
Als letztes Mittel streckte sie einen Arm aus dem Fenster
sebagai sumber terakhir dia meletakkan satu tangan di luar
tingkap
und sie setzte einen Fuß auf den Schornstein
dan dia meletakkan satu kaki di atas cerobong
"Jetzt kann ich nicht mehr, was auch immer passiert"
"Sekarang saya tidak boleh berbuat apa-apa lagi, apa sahaja
yang berlaku"
»Was wird aus mir?«
"Apa yang akan berlaku kepada saya?"

Alice hatte Glück
Alice mempunyai tempat yang bernasib baik
**Das kleine Zauberfläschchen hatte seine volle Wirkung
entfaltet**
botol ajaib kecil itu mempunyai kesan penuhnya
und Alice wurde nicht größer, als sie war
dan Alice membesar tidak lebih besar daripada dia

Nach ein paar Minuten hörte sie draußen eine Stimme
Selepas beberapa minit dia mendengar suara di luar
Und sie blieb stehen, um der Stimme zu lauschen
dan dia berhenti untuk mendengar suara itu
»Mary Ann! Mary Ann!« sagte die Stimme
"Mary Ann! Mary Ann!" kata suara itu
"Hol mir gleich meine Handschuhe!"
"Ambil saya sarung tangan saya saat ini!"
Dann ertönte ein leises Getrappel von Füßen auf der Treppe
Kemudian terdengar sedikit bunyi kaki di tangga
Alice wusste, dass es das Kaninchen war, das kam, um sie zu suchen
Alice tahu itu adalah arnab yang datang untuk mencarinya
und sie zitterte, bis sie das Haus erschütterte
dan dia gemetar sehingga dia menggegarkan rumah
Sie vergaß ganz, welche Proportionen sie hatte
dia agak lupa apa perkadarannya
Sie war tausendmal so groß wie das Kaninchen
dia seribu kali lebih besar daripada arnab
und sie hatte keinen Grund, sich vor einem Kaninchen zu fürchten
dan dia tidak mempunyai sebab untuk takut kepada arnab
Bald kam das Kaninchen an die Tür heran
Tidak lama kemudian arnab itu datang ke pintu
Und das kleine Kaninchen versuchte, die Tür zu öffnen
dan arnab kecil itu cuba membuka pintu
Die Tür begann sich nach innen zu öffnen
pintu mula terbuka ke dalam
aber Alices Ellbogen wurde hart gegen die Tür gedrückt
tetapi siku Alice ditekan kuat pada pintu
Dieser Versuch erwies sich als Fehlschlag
percubaan itu terbukti gagal
Alice hörte, wie das Kaninchen mit sich selbst sprach
Alice mendengar arnab itu bercakap kepada dirinya sendiri
"Dann gehe ich herum und steige durch das Fenster ein"
"Kalau begitu saya akan berkeliling dan masuk melalui tingkap"

"Das wirst du nicht!" dachte Alice

"Bahawa anda tidak akan!" fikir Alice

und sie wartete wieder ein wenig

dan dia menunggu sebentar lagi

Bald hörte sie das Kaninchen gerade unter dem Fenster

Tidak lama kemudian dia mendengar arnab itu tepat di bawah tingkap

Plötzlich streckte sie ihre Hand aus

dia tiba-tiba menghulurkan tangannya

Und sie machte einen Sprung in die Luft

dan dia membuat ragut di udara

Sie bekam nichts in die Finger

Dia tidak mendapat apa-apa

aber sie hörte einen kleinen Schrei und einen Sturz

tetapi dia mendengar sedikit jeritan dan jatuh

und sie hörte ein Krachen von zerbrochenem Glas

dan dia mendengar bunyi pecahan kaca

Vielleicht war das Kaninchen gefallen

mungkin arnab itu telah jatuh

Vielleicht war er in einem Gewächshaus

mungkin dia berada di rumah hijau

Dann ertönte eine zornige Stimme; Die Stimme des Kaninchens

Seterusnya datang suara marah; Suara arnab

"Pat, wo bist du?"

"Pat, awak di mana?"

Und dann ertönte eine Stimme, die sie noch nie zuvor gehört hatte

Dan kemudian terdengar suara yang tidak pernah dia dengar sebelum ini

"Euer Ehren, ich bin hier!"

"Yang Berhormat, saya di sini!"

"Ich grabe nach Äpfeln"

"Saya sedang menggali epal"

»Hier! Komm und hilf mir da raus!"

"Di sini! Datang dan bantu saya daripada ini!"

»Nun sag mir, Pat, was ist das da im Fenster?«

"Sekarang beritahu saya, Pat, apa yang ada di tingkap?"
"Sicher, Euer Ehren, ich werde es Ihnen sagen"
"Sudah tentu, Yang Berhormat, saya akan memberitahu anda"
"Das ist ein Arm, der im Fenster steckt!"
"Ia adalah lengan yang ada di tingkap!"
"Na ja, da hat ein Arm nichts zu suchen"
"Baiklah, lengan tidak mempunyai urusan di sana"
"Geh und nimm den Arm weg!"
"Pergi dan ambil lengan itu!"
Hierauf trat ein langes Schweigen ein
Terdapat kesunyian yang lama selepas ini
und Alice konnte nur ab und zu ein Flüstern hören
dan Alice hanya dapat mendengar bisikan sekali-sekala
und endlich streckte sie die Hand wieder aus
dan akhirnya dia menghulurkan tangannya lagi
Und sie machte einen weiteren Sprung in die Luft
dan dia membuat satu lagi ragut di udara
Diesmal gab es zwei kleine Schreie
Kali ini terdapat dua jeritan kecil
und es gab noch mehr Geräusche von zerbrochenem Glas
dan terdapat lebih banyak bunyi kaca pecah
"Ich möchte wohl wissen, was sie nun tun werden!" dachte Alice
"Saya tertanya-tanya apa yang akan mereka lakukan seterusnya!" fikir Alice
"Ich wünschte, sie würden mich aus dem Fenster ziehen"
"Saya harap mereka akan menarik saya keluar tingkap"
Sie wartete eine Weile
Dia menunggu beberapa lama
aber eine Weile hörte sie nichts mehr
tetapi untuk seketika dia tidak mendengar apa-apa lagi
Endlich ertönte das Rumpeln kleiner Rädchen
Akhirnya terdengar gemuruh roda kecil
Und da ertönten viele Stimmen
dan terdengar bunyi banyak suara yang baik
Alle Stimmen sprachen miteinander
Semua suara bercakap bersama

Sie konnte einige der Worte verstehen
Dia boleh memahami beberapa perkataan
"Wo ist die andere Leiter?"
"Di mana tangga yang lain?"
"Bill hat die andere Leiter"
"Bill mempunyai tangga yang lain"
"Bill, komm her!"
"Bill, datang ke sini!"
"Wird das Dach die Last tragen?"
"Adakah bumbung akan menanggung beban?"
"Wer will schon den Schornstein hinuntergehen?"
"Siapa yang mahu turun ke cerobong?"
»Nein, das werde ich nicht! Du machst es!"
"Tidak, saya tidak akan! Anda berjaya!"
»Hier, Bill!«
"Ini, Bill!"
"Der Meister sagt, du musst in den Schornstein hinunter!"
"Tuan mengatakan anda perlu turun ke cerobong!"
Alice zog ihren Fuß so weit den Schornstein hinab, wie sie konnte
Alice menarik kakinya sejauh yang dia boleh ke bawah cerobong
Und dann wartete sie, was kommen würde
dan kemudian dia menunggu untuk melihat apa yang akan berlaku
Sie hörte ein kleines Tier kratzen und krabbeln
dia mendengar seekor haiwan kecil menggaru dan berebut
Das Tierchen muss sich im Schornstein befinden
haiwan kecil itu mesti berada di dalam cerobong
dann gab sie einen scharfen Tritt
Kemudian dia memberikan satu tendangan tajam
Und sie wartete ab, was als nächstes geschehen würde
dan dia menunggu untuk melihat apa yang akan berlaku seterusnya
Sie hörte einen allgemeinen Chor von Stimmen
dia mendengar paduan suara umum
"Da geht Bill!", sagten alle

"Ada Bill!" kata mereka semua
Dann hörte sie allein die Stimme des Kaninchens
Kemudian dia mendengar suara arnab itu sahaja
"Du an der Hecke, fang ihn!"
"Kamu di pagar, tangkap dia!"
Es trat wieder ein Augenblick des Schweigens ein
Terdapat satu lagi keheningan
Und dann gab es wieder ein Stimmengewirr
dan kemudian terdapat satu lagi kekeliruan suara
"Halt seinen Kopf hoch, Brandy"
"Angkat kepalanya, Brandy"
"Pass auf, dass du ihn nicht würgst"
"Berhati-hati agar tidak mencekiknya"
"Was ist mit dir passiert?"
"Apa yang berlaku kepada awak?"
Zuletzt kam eine kleine, schwache, quietschende Stimme
Terakhir datang suara yang sedikit lemah dan mencicit
"Nun, ich weiß es kaum mehr"
"Baiklah, saya hampir tidak tahu lagi"
"Danke euch allen, mir geht es jetzt besser"
"Terima kasih semua, saya lebih baik sekarang"
"Es gibt eine Sache, an die ich mich erinnern kann"
"ada satu perkara yang saya boleh ingat"
"Irgendetwas kommt auf mich zu wie ein Zug im Tunnel"
"Sesuatu datang kepada saya seperti kereta api di dalam
terowong"
"Und ich fliege hoch wie eine Rakete!"
"dan ke atas saya terbang seperti roket langit!"
Es gab ein oder zwei Minuten des Schweigens
Terdapat satu atau dua minit kesunyian
Und dann fingen sie wieder an, sich zu bewegen
dan kemudian mereka mula bergerak semula
und Alice hörte das Kaninchen wieder sprechen
dan Alice mendengar Arnab bercakap lagi
"Ein Karren voll reicht für den Anfang"
"Seorang barrowful akan berjaya, sebagai permulaan"
"Einen Karren voll wovon?" dachte Alice

"Satu barrowful dari apa?" fikir Alice
Aber sie wurde nicht lange in Atem gehalten
Tetapi dia tidak disimpan dalam ketegangan untuk masa yang
lama
**Ein Regen von kleinen Kieselsteinen drang durch das
Fenster**
hujan kerikil kecil datang melalui tingkap
und einige der kleinen Kieselsteine trafen sie im Gesicht
dan beberapa kerikil kecil memukul mukanya
Alice wunderte sich über die kleinen Kieselsteine
Alice terkejut dengan kerikil kecil itu
all die kleinen Kieselsteine verwandelten sich in Kuchen
semua kerikil kecil bertukar menjadi kek
und eine glänzende Idee kam ihr in den Kopf
dan idea cemerlang muncul di kepalanya
"Einen von diesen Kuchen sollte ich essen"
"Saya patut makan salah satu daripada kek ini"
"Der Kuchen wird sicher etwas an meiner Größe ändern"
"kek pasti membuat sedikit perubahan dalam saiz saya"
Also schluckte sie einen der Kuchen
Jadi dia menelan salah satu kek
**und sie freute sich, als sie feststellte, dass sie anfing zu
schrumpfen**
dan dia gembira mendapati bahawa dia mula mengecut
Bald war sie klein genug, um durch die Tür zu kommen
tidak lama kemudian dia cukup kecil untuk melalui pintu
Sie rannte aus dem Haus
dia berlari keluar dari rumah
Draußen wartete eine Menge kleiner Tiere und Vögel
sekumpulan haiwan kecil dan burung sedang menunggu di
luar
alle kleinen Vögel und Tiere stürzten sich auf Alice
semua burung kecil dan haiwan bergegas ke arah Alice
aber sie rannte davon, so schnell sie konnte
tetapi dia melarikan diri secepat yang dia boleh
und bald fand sie sich sicher in einem dichten Walde
dan tidak lama kemudian dia mendapati dirinya selamat di

dalam hutan tebal
Alice irrte im Walde umher
Alice berkeliaran di dalam hutan
Und sie dachte bei sich:
dan dia berfikir:
"Ich weiß, was ich zuerst zu tun habe"
"Saya tahu apa yang perlu saya lakukan dahulu"
"erst muss ich wieder auf meine richtige Größe wachsen"
"mula-mula saya perlu membesar ke saiz yang betul semula"
"Und dann muss ich den Weg in diesen schönen Garten finden"
"dan kemudian saya perlu mencari jalan ke taman yang indah itu"
"Ich glaube, ich sollte irgendetwas essen oder trinken"
"Saya rasa saya patut makan atau minum sesuatu atau lain-lain"
"Aber die Frage ist, was soll ich essen oder trinken?"
"tetapi persoalannya ialah apa yang patut saya makan atau minum?"
Alice blickte sich um und betrachtete die Blumen
Alice melihat sekelilingnya pada bunga-bunga
Und sie schaute durch die Grashalme hindurch
dan dia melihat melalui bilah rumput
aber sie konnte nichts zu essen und zu trinken sehen
tetapi dia tidak dapat melihat apa-apa untuk dimakan atau diminum
Nichts sah nach dem Richtigen zum Essen oder Trinken aus
tiada apa yang kelihatan seperti perkara yang betul untuk dimakan atau diminum
In ihrer Nähe wuchs ein großer Pilz
Terdapat cendawan besar yang tumbuh berdekatan dengannya
der Pilz war ungefähr so groß wie Alice
cendawan itu kira-kira sama ketinggian dengan Alice
Sie streckte sich auf den Zehenspitzen auf
Dia meregangkan dirinya dengan berjinjit
Und sie guckte über den Rand des Pilzes

dan dia mengintip ke tepi cendawan

Ihre Augen trafen sofort die Augen einer großen blauen Raupe

Matanya segera bertemu dengan mata ulat biru yang besar

Die Raupe saß auf der Spitze des Pilzes

Ulat itu duduk di atas cendawan

und die Raupe hatte alle Arme gekreuzt

dan ulat itu telah menyilangkan semua tangannya

Und er rauchte leise eine lange Wasserpfeife

dan dia diam-diam menghisap hookah panjang

und er nahm nicht die geringste Notiz von irgendetwas

dan dia tidak mengambil perhatian sedikit pun tentang apa-apa

und er achtete gewiß nicht auf Alice

dan dia pastinya tidak memberi perhatian kepada Alice

Ratschläge von einer Raupe
Nasihat daripada ulat

Endlich nahm die Raupe die Shisha aus dem Maul
Akhirnya ulat itu mengeluarkan hookah dari mulutnya
und er redete Alice mit einer trägen, schläfrigen Stimme an
dan dia bercakap kepada Alice dengan suara lesu dan
mengantuk
"Wer bist du?" fragte die Raupe
"Siapa kamu?" kata ulat itu

Alice antwortete etwas schüchtern: "Ich weiß es kaum, Sir."
Alice menjawab, agak malu-malu, "Saya hampir tidak tahu,
tuan"
"Gerade im Moment ist alles ein bisschen..."
"Hanya pada masa ini semuanya sedikit..."
**"Ich weiß, wer ich war, als ich heute Morgen aufgestanden
bin."**
"Saya tahu siapa saya ketika saya bangun pagi ini""
**"aber ich glaube, ich muss mich seitdem mehrmals verändert
haben"**

"tetapi saya rasa saya mesti berubah beberapa kali sejak itu"
"Was meinst du damit?" sagte die Raupe
"Apa maksud awak dengan itu?" kata ulat itu
Streng forderte die Raupe sie auf, sich zu erklären
dengan tegas ulat itu memintanya untuk menjelaskan dirinya
»Ich kann mich nicht erklären, fürchte ich, Sir«, sagte Alice
"Saya tidak boleh menjelaskan diri saya, saya takut, tuan,"
kata Alice
"weil ich nicht ich selbst bin"
"kerana saya bukan diri saya sendiri"
**"Du siehst, es ist sehr verwirrend, so viele verschiedene
Größen an einem Tag zu haben"**
"Anda lihat, menjadi begitu banyak saiz yang berbeza dalam
sehari sangat mengelirukan"
Sie raffte sich auf und sagte sehr ernst:
Dia menarik dirinya dan berkata dengan sangat serius:
"Ich denke, du solltest mir zuerst sagen, wer du bist"
"Saya rasa anda harus memberitahu saya siapa anda, terlebih
dahulu"
"Warum?" fragte die Raupe
"Kenapa?" kata ulat itu
Alice fiel kein guter Grund ein
Alice tidak dapat memikirkan apa-apa alasan yang baik
**und die Raupe schien sich in einem sehr unangenehmen
Gemütszustand zu befinden**
dan ulat itu nampaknya berada dalam keadaan fikiran yang
sangat tidak menyenangkan
also wandte sie sich ab
jadi dia berpaling
"Komm zurück!" rief ihr die Raupe nach
"Kembali!" ulat itu memanggilnya
"Ich habe etwas Wichtiges zu sagen!"
"Saya ada sesuatu yang penting untuk dikatakan!"
Alice drehte sich um und kam wieder zurück
Alice berpaling dan kembali lagi
"Behalte die Fassung!" sagte die Raupe
"Kekalkan sabarmu," kata ulat itu

»Ist das alles?« fragte Alice
"Adakah itu sahaja?" kata Alice
und sie schluckte ihren Zorn hinunter, so gut sie konnte
dan dia menelan kemarahannya sebaik mungkin
"Nein!" sagte die Raupe
"Tidak," kata ulat itu
Die Raupe breitete ihre Arme aus
Ulat itu membuka tangannya
Und er nahm die Shisha wieder aus dem Mund
dan dia mengeluarkan hookah dari mulutnya sekali lagi
Und er sagte: "Du glaubst also, du bist verändert, oder?"
dan dia berkata, "Jadi anda fikir anda telah berubah, bukan?"
»Ich fürchte, ich bin verändert, Sir,« sagte Alice
"Saya takut, saya berubah, tuan," kata Alice
"Ich kann mich nicht mehr so an Dinge erinnern, wie ich sie früher in Erinnerung hatte"
"Saya tidak dapat mengingati perkara seperti yang saya ingat dulu"
"Und ich bleibe nicht länger als zehn Minuten gleich groß!"
"dan saya tidak kekal pada saiz yang sama selama lebih dari sepuluh minit!"
"Wie groß willst du sein?" fragte die Raupe
"Saiz apa yang anda mahukan?" tanya ulat itu
»Oh, es ist mir nicht besonders wichtig, wie groß ich bin«, erwiderte Alice hastig
"Oh, saya tidak kisah saiz saya," jawab Alice tergesa-gesa
"Ich mag es einfach nicht, so oft die Größe zu wechseln, weißt du"
"Saya hanya tidak suka menukar saiz terlalu kerap, anda tahu"
"Ich würde gerne etwas größer sein, Sir"
"Saya mahu menjadi lebih besar sedikit, tuan"
»wenn es dir nichts ausmacht,« fügte Alice hinzu
"jika anda tidak keberatan," tambah Alice
"Zehn Zentimeter sind so eine erbärmliche Größe"
"Sepuluh sentimeter adalah ketinggian yang menyedihkan"
"Das ist wirklich eine sehr gute Höhe!" sagte die Raupe ärgerlich

"Ia memang ketinggian yang sangat baik!" kata ulat itu dengan marah

und er richtete sich auf, während er sprach

dan dia bangkit tegak semasa dia bercakap

Er war genau zehn Zentimeter groß

dia betul-betul sepuluh sentimeter tinggi

In ein oder zwei Minuten war die Raupe vom Pilz heruntergekommen

Dalam satu atau dua minit, ulat itu turun dari cendawan

und er kroch ins Gras

dan dia merangkak pergi ke rumput

Als er sich entfernte, machte er einige kleine Bemerkungen

Semasa dia pergi, dia membuat beberapa kenyataan kecil

"Eine Seite lässt dich größer werden"

"Satu sisi akan membuatkan anda bertambah tinggi"

"Und die andere Seite wird dich kleiner werden lassen"

"Dan pihak lain akan membuatkan anda semakin pendek"

"Eine Seite wovon?" dachte Alice bei sich

"Satu sisi apa?" fikir Alice pada dirinya sendiri

"Die andere Seite von was?"

"Sisi lain dari apa?"

"Die Seite des Pilzes!" sagte die Raupe

"Bahagian tepi cendawan," kata ulat itu

Es war, als hätte sie ihre Frage laut gestellt

seolah-olah dia telah bertanya soalannya dengan kuat

und im nächsten Augenblick war er außer Sichtweite

dan pada saat lain, dia hilang dari pandangan

Alice blieb stehen und betrachtete den Pilz nachdenklich

Alice tetap melihat cendawan itu dengan berfikir

Sie versuchte herauszufinden, welche die beiden Seiten des Pilzes waren

Dia cuba melihat yang mana dua sisi cendawan itu

Endlich streckte sie ihre Arme um den Pilz

Akhirnya dia menghulurkan tangannya di sekeliling cendawan

und sie brach ein Stück der Ränder ab

dan dia mematahkan sedikit tepi

»Und nun, welche Seite ist welche?« fragte sie sich
"Dan sekarang, pihak mana yang mana?" katanya kepada
dirinya sendiri
**und sie knabberte ein wenig von dem Stück der rechten
Hand**
dan dia menggigit sedikit bahagian tangan kanan
**Im nächsten Augenblick spürte sie einen heftigen Schlag
unter ihrem Kinn**
Pada saat berikutnya dia merasakan pukulan ganas di bawah
dagunya
Ihr Kinn hatte ihren Fuß getroffen!
dagunya telah memukul kakinya!
**Sie war sehr erschrocken über diese sehr plötzliche
Veränderung**
Dia sangat takut dengan perubahan yang sangat tiba-tiba ini
Sie schrumpfte sehr schnell
dia mengecut dengan cepat
Also aß sie schnell etwas von dem anderen Stück Pilz
jadi dia dengan cepat memakan sedikit cendawan yang lain
Ihr Kinn war sehr eng gegen ihren Fuß gepresst
Dagunya ditekan dengan sangat rapat pada kakinya
Es war kaum Platz, um den Mund aufzumachen
hampir tidak ada ruang untuk membuka mulutnya
aber schließlich gelang es ihr, den Mund aufzumachen
tetapi dia akhirnya berjaya membuka mulutnya
und sie schluckte einen Bissen von dem linken Stück
dan dia menelan sekeping bit tangan kiri
»mein Kopf ist endlich frei!« sagte Alice
"Kepala saya akhirnya dibebaskan!" kata Alice
Sie blickte an sich herunter
Dia memandang ke bawah pada dirinya sendiri
aber alles, was sie sehen konnte, war ein ungeheurer Hals
tetapi apa yang dia boleh lihat hanyalah leher yang sangat
panjang
Ihr Hals schien sich wie ein Stiel zu erheben
lehernya seolah-olah naik seperti tangkai
Und sie blickte auf ein Meer von grünen Blättern hinab

dan dia melihat ke bawah lautan daun hijau
"Wo sind meine Schultern geblieben?"
"Ke mana bahu saya pergi?"
**»Und ach, meine armen Hände, wie kommt es, daß ich euch
nicht sehen kann?«**
"Dan oh, tangan saya yang malang, bagaimana saya tidak
dapat melihat awak?"
Aber ihr Hals hatte einen Vorteil
tetapi lehernya mempunyai satu faedah
Sie konnte ihren Kopf in jede Richtung bewegen
dia boleh menggerakkan kepalanya ke mana-mana arah
Tatsächlich war sie wie eine Schlange
sebenarnya, dia seperti ular
Sie senkte anmutig ihren Kopf im Zickzack
dia dengan anggun zigzag menundukkan kepalanya
Und sie bewegte ihren Kopf durch die Bäume
dan dia menggerakkan kepalanya melalui pokok-pokok
Aber dann hörte sie ein scharfes Zischen
tetapi kemudian dia mendengar desisan tajam
Und sie zog schnell den Kopf zurück
dan dia dengan cepat menarik kepalanya ke belakang
Eine große Taube war ihr ins Gesicht geflogen
seekor merpati besar telah terbang ke mukanya
und die Taube fuhr mit den Flügeln heftig zusammen
dan merpati itu dengan ganas dengan sayapnya

»Schlange!« rief die Taube

"Ular!" jerit merpati itu

"Ich bin keine Schlange!" sagte Alice entrüstet

"Saya bukan ular!" kata Alice marah

"Laß mich in Ruhe!"

"Tinggalkan saya sendirian!"

"Ich habe die Wurzeln von Bäumen ausprobiert"

"Saya telah mencuba akar pokok"

"Und ich habe es mit Hecken versucht", fuhr die Taube fort

"dan saya telah mencuba lindung nilai," merpati itu meneruskan

»Aber diese Schlangen! Man kann es ihnen nicht recht machen!"

"Tetapi ular-ular itu! Tidak ada yang menggembirakan mereka!"

Alice war immer verwirrter

Alice semakin hairan

"Als ob es nicht schon Mühe genug wäre, die Eier auszubrüten!" sagte die Taube

"Seolah-olah tidak cukup menyusahkan menetas telur," kata merpati itu

"Tag und Nacht muss ich mich auch vor Schlangen in Acht nehmen!"

"Pada siang dan malam saya mesti berhati-hati dengan ular juga!"

"Ich hatte gerade den höchsten Baum im Wald gefunden"

"Saya baru sahaja menemui pokok tertinggi di hutan"

"Wäre ich hier sicher frei von Schlangen?"

"pasti saya akan bebas daripada ular di sini?"

"Und heraus kommt eine Schlange vom Himmel!"

"Dan keluar seekor ular dari langit!"

"Aber ich bin keine Schlange, sage ich dir!" sagte Alice

"Tetapi saya bukan ular, saya beritahu anda!" kata Alice

"Ich bin ein... Ich bin ein... Ich bin ein kleines Mädchen«, fügte sie etwas zweifelnd hinzu

"Saya... Saya seorang ... Saya seorang gadis kecil," tambahnya agak ragu-ragu

Schließlich hatte sie viele Veränderungen durchgemacht

dia telah melalui banyak perubahan

"Du suchst Eier!" sagte die Taube

"Kamu sedang mencari telur," kata merpati itu

"Das weiß ich mit Sicherheit"

"Saya tahu itu untuk fakta"

"Und was macht es aus, ob du ein kleines Mädchen oder eine Schlange bist?"

"Dan apa pentingnya jika anda seorang gadis kecil atau ular?"

»Es liegt mir sehr viel daran,« sagte Alice hastig

"Ia sangat penting bagi saya," kata Alice tergesa-gesa

"Aber ich bin nicht auf der Suche nach Eiern, wie es der Zufall will"

"tetapi saya tidak mencari telur, seperti yang berlaku"

"Und ich würde deine Eier sowieso nicht wollen"

"dan saya tidak mahu telur awak pula"

"Ich mag meine Eier nicht roh"

"Saya tidak suka telur saya mentah"
»Nun, dann fort!« sagte die Taube in mürrischem Tone
"Baiklah, pergilah!" kata merpati itu dengan nada cemberut
und die Taube ließ sich wieder in ihrem Nest nieder
dan merpati itu menetap semula ke dalam sarangnya
Alice kauerte sich zwischen die Bäume, so gut sie konnte
Alice berjongkok di antara pokok-pokok sebaik mungkin
Ihr Hals verfing sich immer wieder zwischen den Ästen
lehernya terus terjerat di antara dahan
Hin und wieder musste sie anhalten und ihren Hals aufdrehen
sekali-sekala dia terpaksa berhenti dan melepaskan lehernya
Nach einer Weile erinnerte sie sich an den Pilz
Selepas beberapa ketika dia teringat cendawan itu
Sie hielt die Pilzstücke noch immer in ihren Händen
dia masih memegang kepingan cendawan di tangannya
Und sie machte sich sehr vorsichtig an die Arbeit
dan dia mula bekerja dengan sangat berhati-hati
Zuerst knabberte sie an einem Stück
Mula-mula dia menggigit sekeping
Und dann knabberte sie an dem anderen Stück
dan kemudian dia menggigit sekeping yang lain
Manchmal wurde sie größer
kadang-kadang dia semakin tinggi
und manchmal wurde sie kleiner
dan kadang-kadang dia menjadi lebih pendek
Aber schließlich erreichte sie ihre übliche Größe
tetapi akhirnya dia mencapai ketinggian biasa
Sie war schon seit einiger Zeit nicht mehr so groß wie sie selbst
dia tidak mempunyai ketinggiannya sendiri untuk beberapa waktu
So fühlte sich alles eine Zeit lang seltsam an
jadi semuanya terasa pelik untuk seketika
"Das nächste, was zu tun ist, ist, in diesen schönen Garten zu gehen"
"Perkara seterusnya yang perlu dilakukan ialah masuk ke

taman yang indah itu"
»wie soll man das machen?«
"bagaimana itu boleh dilakukan, saya tertanya-tanya?"
Während sie dies sagte, stieß sie auf einen offenen Platz
Semasa dia mengatakan ini, dia terjumpa tempat terbuka
Da war ein kleines Haus, etwas höher als einen Meter
Terdapat sebuah rumah kecil, sedikit lebih tinggi daripada
satu meter
"Ich frage mich, wer in diesem kleinen Haus wohnt"
"Saya tertanya-tanya siapa yang tinggal di rumah kecil ini"
"So groß wie ich bin, kann ich sicher nicht reingehen"
"Saya pasti tidak boleh masuk sebesar saya"
"Ich würde sie fürchterlich erschrecken!"
"Saya akan menakutkan mereka dengan teruk!"
Also knabberte sie wieder an dem kleinen Pilz
jadi dia menggigit cendawan kecil itu lagi
Und bald brachte sie sich dreißig Zentimeter tief
dan tidak lama kemudian dia menurunkan dirinya tiga puluh
sentimeter

Ein Schwein und etwas Pfeffer
Seekor babi dan sedikit lada

Ein oder zwei Minuten lang stand sie da und betrachtete das Haus

Selama satu atau dua minit dia berdiri memandang rumah itu

Plötzlich kam ein Lakai aus dem Walde gerannt

Tiba-tiba seorang pejalan kaki berlari keluar dari hutan

Er trug eine spezielle Livree-Uniform

dia memakai pakaian seragam livery khas

Seinem Gesicht nach zu urteilen, hätte sie ihn einen Fisch genannt

berdasarkan wajahnya sahaja, dia akan memanggilnya ikan

und er klopfte laut mit den Fingerknöcheln an die Tür

dan dia mengetuk pintu dengan kuat dengan buku-buku jarinya

Die Tür wurde von einem anderen Lakaien geöffnet

pintu dibuka oleh seorang lagi pejalan kaki

Auch dieser Lakai trug eine besondere Livree

Footman ini juga memakai livery khas

Dieser Lakai hatte ein rundes Gesicht und große Augen wie ein Frosch

Footman ini mempunyai muka bulat dan mata besar seperti katak

Der Lakai, der wie ein Fisch aussah, leitete die Zeremonie ein
Kaki yang kelihatan seperti ikan memulakan upacara itu
Er zog etwas unter seinem Arm hervor
dia mengeluarkan sesuatu dari bawah kemaluannya
Und er zog unter seinem Arm einen Umschlag hervor
dan dia mengeluarkan dari bawah lengannya sampul surat
und diesen Umschlag übergab er dem andern Lakaien
dan sampul surat ini dia serahkan kepada kaki yang lain
In zeremoniellem Tone teilte er ihm die Befehle mit
Dengan nada istiadat dia memberitahunya perintah itu
"Diese Botschaft ist für die Herzogin"
"Mesej ini untuk Duchess"
"Eine Einladung der Königin zum Krocketspielen"
"Jemputan daripada ratu untuk bermain kroket"
Der Lakai, der wie ein Frosch aussah, wiederholte den Befehl
Kaki yang kelihatan seperti katak mengulangi perintah itu
"Von der Königin"
"Daripada Ratu"
"Eine Einladung"
"jemputan"
"für die Herzogin"
"untuk Duchess"
"Krocket spielen"
"Bermain kroket"
Dann verbeugten sie sich beide tief
Kemudian mereka berdua tunduk rendah
und die Locken in ihren Perücken verwickelten sich ineinander
dan keriting di rambut palsu mereka terjerat bersama
Bald war der Lakai, der wie ein Fisch aussah, verschwunden
tidak lama kemudian kaki yang kelihatan seperti ikan telah hilang
Aber der Lakai, der wie ein Frosch aussah, war immer noch da
tetapi kaki yang kelihatan seperti katak masih ada di sana

Er saß auf dem Boden in der Nähe der Tür
dia duduk di tanah berhampiran pintu
Er starrte dumm in den Himmel
dia merenung dengan bodoh ke langit
Alice ging schüchtern zur Tür und klopfte
Alice dengan malu-malu pergi ke pintu dan mengetuk
»Es hat keinen Zweck, anzuklopfen,« sagte der Lakai
"Tidak ada gunanya mengetuk," kata kaki itu
"Und das aus zwei Gründen"
"Dan itu kerana dua sebab"
"Erstens, weil ich auf der gleichen Seite der Tür stehe wie du"
"Pertama, kerana saya berada di sebelah pintu yang sama dengan awak"
"Zweitens, weil sie drinnen so viel Lärm machen"
"Kedua, kerana mereka membuat begitu banyak bising di dalam"
"Niemand könnte dich hören"
"Tiada siapa yang mungkin mendengar awak"
Und es war gewiß ein höchst merkwürdiger Lärm im Innern
Dan pastinya ada bunyi yang paling luar biasa berlaku di dalam
ein ständiges Heulen und Niesen
lolongan dan bersin yang berterusan
und ab und zu ein Geräusch von großem Krachen
dan sekali-sekala bunyi rempuhan yang hebat
als ob eine Schüssel oder ein Wasserkocher in Stücke zerbrochen wäre
seolah-olah pinggan mangkuk atau cerek telah pecah berkeping-keping
"Wie soll ich da reinkommen?" fragte Alice
"Bagaimana saya boleh masuk?" tanya Alice
»Wollen Sie überhaupt hineinkommen?« fragte der Lakai
"Patutkah anda masuk sama sekali?" kata kaki itu
"Das ist die erste Frage, weißt du"
"Itulah soalan pertama, anda tahu"
Alice öffnete die Tür und trat ein

Alice membuka pintu dan masuk
Die Tür führte direkt in eine große Küche
Pintu itu menghala terus ke dapur besar
Die Küche war von einem Ende bis zum anderen voller Rauch
dapur penuh dengan asap dari satu hujung ke hujung yang lain
in der Mitte der Küche saß die Herzogin
di tengah-tengah dapur ialah Duchess
Sie saß auf einem dreibeinigen Hocker
dia sedang duduk di atas bangku berkaki tiga
und sie stillte ein Baby
dan dia sedang menyusukan bayi
Die Köchin beugte sich über das Feuer
tukang masak itu bersandar di atas api
Er rührte einen großen Kessel
dia sedang mengacau sebuah kaldron besar
und der Kessel schien mit Suppe gefüllt zu sein
dan kaldron itu kelihatan penuh dengan sup
"Da ist sicher zu viel Pfeffer drin!" sagte Alice zu sich selbst
"Sudah tentu terlalu banyak lada dalam sup itu!" Alice berkata pada dirinya sendiri
Sie sagte es, so gut sie konnte, ohne zu niesen
Dia mengatakannya sebaik mungkin tanpa bersin
Sogar die Herzogin nieste gelegentlich
Malah Duchess bersin sekali-sekala
Aber die Handlungen des Babys waren am bemerkenswertesten
Tetapi tindakan bayi itu adalah yang paling patut diberi perhatian
Das Baby nieste und heulte abwechselnd
bayi itu bersin dan melolong secara bergilir-gilir
Es gab keinen Augenblick Pause zwischen Heulen und Niesen
tidak ada jeda seketika antara melolong dan bersin
Es gab zwei Kreaturen in der Küche, die nicht niesten
Terdapat dua makhluk di dapur yang tidak bersin

Die Köchin war zu beschäftigt, um zu niesen
tukang masak terlalu sibuk untuk bersin
**Und die große Katze schien sich nicht an dem Pfeffer zu
stören**
dan kucing besar itu nampaknya tidak keberatan dengan lada
**Stattdessen grinste die große Katze von einem Ohr zum
anderen**
sebaliknya, kucing besar itu tersenyum dari telinga ke telinga
**»Bitte, würdest du es mir sagen,« sagte Alice ein wenig
schüchtern**
"Tolong beritahu saya," kata Alice, sedikit malu-malu
"Warum grinst deine Katze so?"
"Kenapa kucing awak tersenyum seperti itu?"
»Es ist eine Cheshire-Katze,« sagte die Herzogin
"Ia Kucing Cheshire," kata Duchess
"Und deshalb grinst er von Ohr zu Ohr"
"Dan itulah sebabnya dia tersenyum dari telinga ke telinga"
"Ich wusste nicht, dass eine Cheshire-Katze immer grinst"
"Saya tidak tahu bahawa Cheshire-Cat sentiasa tersenyum"
**"Eigentlich wusste ich nicht, dass Katzen grinsen können",
sagte Alice**
"sebenarnya, saya tidak tahu bahawa kucing boleh
tersenyum," kata Alice
»Es gibt vieles, was Sie nicht wissen,« sagte die Herzogin
"Ada banyak yang anda tidak tahu," kata Duchess
**"Es gibt vieles, was man nicht weiß, und das ist eine
Tatsache"**
"Terdapat banyak yang anda tidak tahu dan itu fakta"
**In diesem Augenblick nahm die Köchin den Kessel mit der
Suppe vom Feuer**
Sejurus kemudian tukang masak mengeluarkan kuali sup dari
api
Und sogleich fing sie an, alles in ihre Reichweite zu werfen
dan serta-merta dia mula melemparkan segala-galanya dalam
jangkauannya
**sie warf alles, was sie konnte, auf die Herzogin und das
Baby**

dia melemparkan semua yang dia boleh kepada Duchess dan bayi itu

Zuerst warf sie die Feuereisen

mula-mula dia melemparkan besi api

Dann warf sie eine Handvoll Töpfe

Kemudian dia melemparkan segenggam periuk

und schließlich warf sie die Teller und Schüsseln

dan akhirnya dia membaling pinggan dan pinggan mangkuk

Die Herzogin nahm keine Notiz von ihr

Duchess tidak memperhatikannya

Selbst als sie von einem Teller getroffen wurde, machte sie sich keine Sorgen

Walaupun dia dipukul oleh pinggan, dia tidak bimbang

Das Baby heulte schon so viel

bayi itu sudah melolong begitu banyak

Es war also unmöglich zu sagen, ob die Schläge das Baby verletzt haben oder nicht

Jadi mustahil untuk mengatakan sama ada pukulan itu menyakiti bayi atau tidak

"Oh, gib bitte acht, was du tust!" rief Alice

"Oh, sila fikirkan apa yang kamu lakukan!" jerit Alice

und sie sprang in Todesangst des Entsetzens auf und ab

dan dia melompat ke atas dan ke bawah dalam kesakitan ketakutan

die Herzogin bot Alice das Baby an

Duchess menawarkan bayi itu kepada Alice

»Hier! Du kannst das Kind ein wenig stillen, wenn du willst!«

"Di sini! Anda boleh menyusukan bayi sedikit, jika anda suka!"

Und sie schleuderte das Kind nach ihr, während sie sprach

dan dia melemparkan bayi itu kepadanya semasa dia bercakap

"Ich muss gehen und mich darauf vorbereiten, mit der Königin Krocket zu spielen"

"Saya mesti pergi dan bersiap sedia untuk bermain kroket dengan ratu"

und sie eilte aus dem Zimmer
dan dia bergegas keluar dari bilik
Alice fing das Baby mit einiger Mühe auf
Alice menangkap bayi itu dengan sedikit kesukaran
weil es ein sehr seltsam geformtes kleines Wesen war
kerana ia adalah makhluk kecil berbentuk sangat ganjil
Und das Kind streckte seine Arme und Beine nach allen Richtungen aus
dan bayi itu menghulurkan tangan dan kakinya ke semua arah
"Das Kind nehme ich lieber mit!" dachte Alice
"Lebih baik saya membawa anak ini pergi bersama saya," fikir Alice
"Sie werden dieses Baby sicher in ein oder zwei Tagen töten"
"Mereka pasti akan membunuh bayi ini dalam satu atau dua hari"
"Wäre es nicht Mord, dieses Baby zurückzulassen?"
"Bukankah membunuh untuk meninggalkan bayi ini?"
Sie sprach die letzten Worte laut aus
Dia mengucapkan kata-kata terakhir dengan kuat
Und das kleine Ding grunzte als Antwort
dan benda kecil itu merungut sebagai jawapan
"Du verwandelst dich am besten nicht in ein Schwein, meine Liebe!" sagte Alice
"Sebaiknya kamu tidak berubah menjadi babi, sayangku," kata Alice
"sonst habe ich nichts mehr mit dir zu tun"
"atau saya tidak akan ada kaitan lagi dengan awak"
Alice fing eben an, bei sich selbst zu denken:
Alice baru mula berfikir sendiri:
»Nun, was soll ich mit diesem Geschöpf anfangen, wenn ich es nach Hause bringe?«
"Sekarang, apa yang perlu saya lakukan dengan makhluk ini, apabila saya membawanya pulang?"
Aber dann grunzte das kleine Geschöpf ein wenig heftig
tetapi kemudian makhluk kecil itu merungut sedikit ganas

und Alice sah ihm erschrocken ins Gesicht
dan Alice memandang ke mukanya dalam sedikit
kebimbangan
Diesmal konnte es keinen Irrtum geben
Kali ini tidak mungkin ada kesilapan mengenainya
Es war nicht mehr und nicht weniger als ein Schwein
ia tidak lebih dan tidak kurang daripada babi
Da setzte sie das kleine Geschöpf ab
jadi dia meletakkan makhluk kecil itu
und das kleine Geschöpf trabte leise in den Wald hinein
dan makhluk kecil itu berlari secara senyap-senyap ke dalam
hutan
**Alice war ziemlich erleichtert, als sie die Kreatur
verschwinden sah**
Alice berasa agak lega melihat makhluk itu pergi
Alice erschrak ein wenig, als sie die Cheshire-Katze sah
Alice sedikit terkejut melihat Cheshire-Cat
Er saß auf einem Ast eines Baumes, ein paar Meter entfernt
ia duduk di dahan pokok beberapa meter jauhnya
Die Katze grinste nur, als sie sie sah
Kucing itu hanya tersenyum apabila melihatnya
»Cheshire-Katze,« begann Alice etwas schüchtern
"Kucing Cheshire," mula Alice, agak malu-malu
**»Würden Sie mir bitte sagen, welchen Weg ich von hier aus
einschlagen soll?«**
"Bolehkah anda memberitahu saya ke arah mana saya harus
pergi dari sini?"
"In diese Richtung", sagte die Katze
"Ke arah itu," kata kucing itu
Und er fuchtelte mit der rechten Pfote herum
dan ia melambai kaki kanan
"In dieser Richtung lebt ein Hutmacher"
"Ke arah itu hidup seorang pembuat topi"
Und dann winkte die Katze mit der anderen Pfote
dan kemudian kucing itu melambai kakinya yang lain
"Und in dieser Richtung wohnt ein Märzhase"
"Dan ke arah itu hidup arnab perarakan"

»Besuchen Sie, wen Sie wollen; Sie sind beide verrückt"

"Lawati sama ada yang anda suka; mereka berdua gila"

»Aber ich will nicht unter Verrückte gehen«, bemerkte Alice

"Tetapi saya tidak mahu pergi di kalangan orang gila," kata Alice

"Ach, dafür kannst du nicht helfen!" sagte die Katze

"Oh, anda tidak boleh menahannya," kata Kucing

"Wir sind alle verrückt hier"

"Kita semua marah di sini"

"Spielst du heute Krocket mit der Queen?"

"Adakah anda bermain kroket dengan ratu hari ini?"

"Das würde ich sehr gerne!" sagte Alice

"Saya sangat mahu," kata Alice

"aber ich bin noch nicht eingeladen worden"

"tetapi saya belum dijemput lagi"

"Du wirst mich dort sehen!" sagte die Katze

"Anda akan melihat saya di sana," kata Kucing

Und von einem Augenblick auf den anderen verschwand die Katze

dan dari satu saat ke saat berikutnya kucing itu lenyap

bald kam Alice in Sichtweite des Hauses des Märzhasen

tidak lama kemudian Alice dapat melihat rumah arnab perarakan

Das war ein sehr großes Haus

Ini adalah sebuah rumah yang sangat besar

Alice wollte also nicht in die Nähe des Hauses gehen

jadi Alice tidak mahu pergi berhampiran rumah

Zuerst musste sie noch etwas von dem linken Stück Pilz knabbern

Mula-mula dia terpaksa menggigit sedikit cendawan sebelah kiri

Eine verrückte Teeparty

pesta teh gila

Vor dem Haus stand ein Baum

Di hadapan rumah terdapat sebatang pokok

Und unter dem Baum stand ein Tisch

dan di bawah pokok itu terdapat sebuah meja

und der Tisch war mit allerlei Besteck gedeckt

dan meja itu diatur dengan pelbagai jenis kutleri

Der Märzhase und der Hutmacher saßen bei Tisch

arnab March dan pembuat topi berada di meja

und zusammen tranken sie Tee

dan bersama-sama mereka minum teh

Ein Siebenschläfer saß zwischen ihnen

seekor tikus duduk di antara mereka

und der Siebenschläfer schlief fest

dan dormouse itu tertidur lelap

Der Tisch war von außergewöhnlicher Größe

Meja itu bersaiz luar biasa

Aber der größte Teil des Tisches war unbesetzt

tetapi sebahagian besar meja tidak berpenghuni

Sie saßen dicht gedrängt an einer Ecke des Tisches

mereka duduk bersesak di satu sudut meja

und doch entschuldigten sie sich, als sie Alice sahen

namun mereka membuat alasan apabila mereka melihat Alice

»Kein Platz! Kein Platz!« schrien sie

"Tiada bilik! Tiada bilik!" mereka menjerit

»Es ist viel Platz!« sagte Alice entrüstet

"Ada banyak ruang!" kata Alice marah

An einem Ende des Tisches stand ein großer Sessel

Di satu hujung meja terdapat kerusi berlengan yang besar

und Alice setzte sich in den Sessel

dan Alice duduk di kerusi berlengan

Der Hutmacher riss die Augen weit auf

pembuat topi membuka matanya dengan sangat lebar

Er konnte nicht glauben, was er da sah

dia tidak percaya apa yang dia lihat

aber sein Geist war neugierig auf andere Dinge

tetapi fikirannya ingin tahu tentang perkara lain

»Warum ist ein Rabe wie ein Schreibtisch?«

"Mengapa burung gagak seperti meja tulis?"

Alice war offen für die Herausforderung

Alice terbuka kepada cabaran itu

"Ich bin froh, dass sie angefangen haben, Rätsel zu stellen"

"Saya gembira mereka telah mula bertanya teka-teki"

»Ich glaube, das kann ich erraten«, fügte sie laut hinzu

"Saya percaya saya boleh meneka itu," tambahnya dengan lantang

Der Märzhase wurde neugierig auf Alice

Arnab perarakan semakin ingin tahu tentang Alice

"Glaubst du wirklich, dass du die Antwort finden kannst?"

"Adakah anda benar-benar fikir anda boleh mencari jawapannya?"

»Ich glaube, ich kann die Antwort finden,« sagte Alice

"Saya rasa saya memang boleh mencari jawapannya," kata Alice

»Dann sollst du sagen, was du meinst,« fuhr der Märzhase fort

"Kalau begitu kamu harus katakan apa yang kamu maksudkan," arnab perarakan itu diteruskan

»Ich sage, was ich meine,« erwiderte Alice hastig

"Saya katakan apa yang saya maksudkan," Alice tergesa-gesa menjawab

"Zumindest meine ich ernst, was ich sage"

"sekurang-kurangnya saya maksudkan apa yang saya katakan"

"Das ist dasselbe, weißt du"

"Itu perkara yang sama, anda tahu"

Auch der Siebenschläfer trug zu dem Gespräch bei

Dormouse juga menyumbang kepada perbualan

Aber der Siebenschläfer schien im Schlaf zu sprechen

tetapi dormouse seolah-olah bercakap dalam tidurnya

"Ich atme, wenn ich schlafe"

"Saya bernafas apabila saya tidur"

"Ich schlafe, wenn ich atme!"

"Saya tidur apabila saya bernafas!"
"Man könnte genauso gut sagen, dass sie auch gleich sind"
"Anda juga boleh mengatakan mereka juga sama"
"So ist es auch bei dir!" sagte der Hutmacher
"Ia adalah perkara yang sama dengan kamu," kata pembuat topi
und er goß ein wenig Tee über die Nase des Siebenschläfers
dan dia menuangkan sedikit teh ke hidung dormouse
Das Murmelthier schüttelte ungeduldig den Kopf
Dormouse menggelengkan kepalanya dengan tidak sabar
Und wieder sprach das Murmelmaus, ohne die Augen zu öffnen
dan sekali lagi tikus bercakap, tanpa membuka matanya
"Natürlich, natürlich ist es dasselbe"
"Sudah tentu, sudah tentu ia sama"
"Das wollte ich ja auch sagen"
"itulah yang saya akan katakan sendiri"

Der Hutmacher wandte sich an Alice und stellte eine weitere Frage

Pembuat topi itu berpaling kepada Alice dan bertanya soalan lain

"Hast du das Rätsel schon erraten?"

"Adakah anda sudah meneka teka-teki itu?"

"Nein, ich gebe auf", gab Alice zu

"Tidak, saya berputus asa," Alice mengakui

"Was ist die Antwort?", wollte sie wissen

"Apa jawapannya?" dia ingin tahu

»Ich habe nicht die geringste Ahnung,« sagte der Hutmacher

"Saya tidak mempunyai sedikit pun idea," kata pembuat topi itu

"Ich weiß es auch nicht!" sagte der Märzhase

"Saya juga tidak tahu," kata arnab perarakan

Alice stieß einen müden Seufzer aus

Alice menghela nafas letih

"Es gibt eine bessere Nutzung der Zeit als Rätsel ohne Antworten"

"Terdapat penggunaan masa yang lebih baik daripada teka-teki tanpa jawapan"

»Trinken Sie noch etwas Tee,« sagte der Märzhase sehr ernst zu Alice

"minum teh lagi," kata arnab perarakan kepada Alice, dengan sangat bersungguh-sungguh

Alice war ziemlich beleidigt über das Angebot

Alice agak tersinggung dengan tawaran itu

»Ich habe noch keinen Tee getrunken,« erwiderte Alice

"Saya belum minum teh," jawab Alice

"Deshalb kann ich keinen Tee mehr trinken"

"oleh itu saya tidak boleh minum teh lagi"

»Du meinst, weniger Tee kannst du nicht haben«, sagte der Hutmacher

"Maksud anda anda tidak boleh kurang minum teh," kata pembuat topi

"Es ist sehr einfach, mehr als nichts zu nehmen"

"Sangat mudah untuk mengambil lebih daripada tiada"

Bei diesen Worten erhob sich Alice und ging fort

Pada masa ini, Alice bangun dan berjalan pergi

Der Siebenschläfer schlief augenblicklich ein

Tikus dormouse itu tertidur serta-merta

und keiner der andern nahm die geringste Notiz davon, daß sie ging

dan kedua-dua yang lain tidak menyedari kepergiannya

obwohl sie ein- oder zweimal zurückblickte

walaupun dia menoleh ke belakang sekali atau dua kali

Sie versuchten, den Siebenschläfer in die Teekanne zu stecken

Mereka cuba memasukkan tikus ke dalam periuk teh

"Jedenfalls werde ich nie wieder dorthin gehen!" sagte Alice

"Bagaimanapun, saya tidak akan pergi ke sana lagi!" kata Alice

Und sie ging ihren Weg durch den Wald

dan dia berjalan melalui hutan

"Das war die dümmste Teeparty, auf der ich je war"

"itu adalah pesta teh paling bodoh yang pernah saya kunjungi"

Gerade als sie das sagte, bemerkte sie etwas

Semasa dia mengatakan ini, dia menyedari sesuatu

Einer der Bäume hatte eine Tür, die direkt hineinführte

Salah satu pokok mempunyai pintu yang menghala terus ke dalamnya

»Das ist sehr interessant!« dachte sie

"Itu sangat menarik!" fikirnya

"Ich denke, ich kann genauso gut durch die Tür gehen"

"Saya rasa saya juga boleh melalui pintu"

Und durch die Tür ging sie

Dan melalui pintu dia pergi

Wieder befand sie sich in der langen Halle

Sekali lagi dia mendapati dirinya berada di dewan panjang

Wieder stand sie dicht an dem kleinen Glastisch

sekali lagi dia dekat dengan meja kaca kecil

Sie nahm den kleinen goldenen Schlüssel

Dia mengambil kunci emas kecil itu

und sie schloß die Tür auf, die in den Garten führte
dan dia membuka kunci pintu yang menuju ke taman
Dann machte sie sich daran, an dem Pilz zu knabbern
Kemudian dia mula bekerja menggigit cendawan
Sie hatte ein Stück des Pilzes in ihrer Tasche aufbewahrt
dia telah menyimpan sekeping cendawan di dalam poketnya
Und schließlich war sie etwa einen Meter groß
dan akhirnya dia kira-kira satu meter tinggi
dann ging sie den kleinen Korridor hinunter
Kemudian dia berjalan menyusuri koridor kecil
**Und dann fand sie sich endlich in dem schönen Garten
wieder**
dan kemudian dia akhirnya mendapati dirinya berada di
taman yang indah
**Und sie war zwischen den hellen Blumen und den kühlen
Springbrunnen**
dan dia berada di antara bunga yang terang dan air pancut
yang sejuk

Der Krocketplatz der Königinnen
Tanah kroket ratu
Ein großer Rosenstrauch stand in der Nähe des Eingangs des Gartens
Sebatang pokok mawar besar berdiri berhampiran pintu masuk taman
Die Rosen, die an dem Baum wuchsen, waren weiß
mawar yang tumbuh di pokok itu berwarna putih
aber es waren drei Gärtner, die die Rose bemalten
tetapi terdapat tiga tukang kebun yang melukis mawar itu
Sie waren damit beschäftigt, die Rosen rot zu färben
Mereka sibuk mengecat mawar merah
und Alice sah zu, wie sie die Rosen rot färbten
dan Alice memerhatikan mereka melukis mawar merah
und plötzlich fielen ihre Augen zufällig auf Alice
dan tiba-tiba mata mereka kebetulan tertuju pada Alice
Alice sprach ein wenig schüchtern
Alice bercakap sedikit malu-malu
»Würden Sie es mir bitte sagen?«
"Bolehkah anda memberitahu saya, tolong;"
"Warum malt ihr alle diese Rosen?"
"Kenapa kamu semua melukis mawar itu?"
Fünf und Sieben sagten nichts, sondern sahen zwei an
Lima dan tujuh tidak berkata apa-apa, tetapi melihat dua
zwei Sprecher, mit leiser Stimme
dua bercakap, dengan suara rendah
»Nun, die Sache ist die, sehen Sie, gnädige Frau.«
"Kenapa, hakikatnya, anda lihat, puan"
"Das hier hätte ein roter Rosenstrauch sein sollen"
"Ini di sini sepatutnya pokok mawar merah"
"Und wir haben aus Versehen einen weißen Rosenstrauch hineingesetzt"
"Dan kami meletakkan pokok mawar putih secara tidak sengaja"
"Wie Sie mir zustimmen würden, darf die Königin es nicht herausfinden"
"Seperti yang anda setuju, Ratu tidak boleh mengetahuinya"

"Sonst würden wir uns allen die Köpfe abschneiden"
"Jika tidak, kita semua akan dipotong kepala"
"Sie sehen also, gnädige Frau, wir tun unser Bestes"
"Jadi anda lihat, puan, kami melakukan yang terbaik"
Karte fünf hatte ängstlich über den Garten geschaut
Kad lima telah melihat dengan cemas ke seberang taman
In diesem Augenblick rief die fünfte Karte: "Die Königin!
Die Königin!"
Pada masa ini kad lima memanggil, "Ratu! Permaisuri!"
und die drei Gärtner eilten augenblicklich davon
dan ketiga-tiga tukang kebun itu serta-merta bergegas pergi
und sie warfen sich flach auf ihre Gesichter
dan mereka melemparkan diri mereka ke atas muka mereka
Man hörte das Geräusch vieler Schritte
Terdapat bunyi banyak langkah kaki
Alice sah sich um, begierig darauf, die Königin zu sehen
Alice melihat sekeliling, tidak sabar-sabar untuk melihat
permaisuri
Am Anfang des Zuges standen zehn Soldaten
Pada permulaan perarakan itu terdapat sepuluh askar
Ihre Hände und Füße waren in den Ecken
tangan dan kaki mereka berada di sudut
und in ihren Händen und Füßen waren Keulen
dan di tangan dan kaki mereka ada kayu
Als nächstes kamen die zehn Höflinge
seterusnya datang sepuluh orang istana
die Höflinge waren über und über mit Diamanten
geschmückt
istana dihiasi dengan berlian
Nach den Höflingen kamen die königlichen Kinder
Selepas istana datang anak-anak diraja
Es waren zehn der königlichen Kinder
Terdapat sepuluh anak diraja
und alle königlichen Kinder waren mit Herzen geschmückt
dan semua anak-anak diraja dihiasi dengan hati
Dann kamen die Gäste; Meist Könige und Königinnen
Seterusnya datang tetamu; kebanyakannnya raja dan

permaisuri
und unter den Königen und Königinnen sah Alice jemanden
dan di kalangan raja dan permaisuri Alice melihat seseorang
Sie sah wieder das weiße Kaninchen, das sie gejagt hatte
dia melihat lagi arnab putih yang dikejarnya
Der Prozession folgte der Spitzbube der Herzen
Perarakan itu diikuti dengan pisau hati
Er trug die Krone des Königs
dia membawa mahkota raja
und die Krone des Königs lag auf einem purpurnen Samtkissen
dan mahkota raja berada di atas kusyen baldu merah
Und dann kam das Ende dieser großen Prozession
Dan kemudian datanglah penghujung perarakan besar ini
Und da waren am Ende der König und die Königin der Herzen
dan di sana pada akhirnya ada raja dan ratu hati
der Zug kam Alice gegenüber
perarakan itu bertentangan dengan Alice
Und alle blieben stehen und sahen sie an
dan mereka semua berhenti dan memandangnya
Und die Königin sprach streng: "Wer ist das?"
dan permaisuri berkata dengan keras, "Siapa ini?"
Sie sagte es zum Herzknaben
Dia mengatakannya kepada Knave of Hearts
aber er verbeugte sich nur und lächelte als Antwort
tetapi dia hanya tunduk dan tersenyum sebagai jawapan
Alice sprach sehr höflich
Alice bercakap dengan sangat sopan
"Mein Name ist Alice, also bitte, Eure Majestät"
"Nama saya Alice, jadi tolong Yang Mulia"
Aber sie hatte andere Gedanken für sich
tetapi dia mempunyai pemikiran lain untuk dirinya sendiri
"Es ist doch nur ein Kartenspiel!"
"Lagipun, mereka hanya sebungkus kad!"
»Kannst du Krocket spielen?« rief die Königin
"Bolehkah kamu bermain kroket?" jerit ratu

Die Frage war offenbar an Alice gerichtet
Soalan itu jelas dimaksudkan untuk Alice
"Ja!" sagte Alice laut
"Ya!" kata Alice dengan kuat
"Komm also spielen!" brüllte die Königin
"Mari bermain!" raung permaisuri
sprach eine schüchterne Stimme zu Alice
suara malu-malu bercakap kepada Alice
"Es ist ein sehr schöner Tag!"
"Ini hari yang sangat cerah!"
Sie ging an dem weißen Kaninchen vorbei
Dia berjalan di tepi arnab putih
und das weiße Kaninchen guckte ihr ängstlich ins Gesicht
dan Arnab Putih mengintip dengan cemas ke mukanya
»ein sehr schöner Tag,« bestätigte Alice
"Memang hari yang sangat cerah," mengesahkan Alice
»Wo ist die Herzogin?«
"Di mana duchess?"
»Still! Still!" sagte das Kaninchen
"Diam! Diam!" kata Arnab
"Sie ist zum Tode verurteilt"
"Dia di bawah hukuman mati"
»Wofür wird sie hingerichtet?« fragte Alice
"Untuk apa dia dihukum mati?" tanya Alice
"Sie hat der Königin die Ohren abgewetzt", begann das Kaninchen
"Dia mencalarkan telinga ratu," arnab itu bermula
schrie die Königin mit Donnerstimme
Permaisuri menjerit dengan suara guruh
"Ran an eure Plätze!"
"Pergi ke tempat anda!"
Und die Leute rannten in alle Richtungen herum
dan orang ramai mula berlari ke semua arah
Und sie fielen alle aneinander
dan mereka semua jatuh antara satu sama lain
Sie hatten sich jedoch in ein oder zwei Minuten beruhigt
Walau bagaimanapun, mereka telah tenang dalam satu atau

dua minit
Und dann begann das Spiel
Dan kemudian permainan bermula
Alice hatte noch nie einen so merkwürdigen Krocketplatz gesehen
Alice tidak pernah melihat tanah kroket yang begitu ingin tahu
Das Gras bestand nur aus Graten und Furchen
rumput itu semua rabung dan alur
Die Krocketbälle waren echte Igel
Bola kroket adalah landak sebenar
und die Schlägel waren echte Flamingos
dan palu itu adalah flamingo sebenar
und die Soldaten standen auf Händen und Füßen
dan askar-askar itu berdiri di atas tangan dan kaki mereka
weil die Bögen aus ihren Körpern gemacht wurden
kerana gerbang itu diperbuat daripada badan mereka
Die Spieler spielten alle gleichzeitig
Semua pemain bermain serentak
Niemand wartete, bis er an der Reihe war
Tiada siapa yang menunggu giliran mereka
und jeder stritt sich mit jedem
dan semua orang bertengkar dengan semua orang
und alle kämpften für die Igel
dan semua berjuang untuk landak
Bald geriet die Königin in eine wütende Leidenschaft
Tidak lama kemudian ratu berada dalam keghairahan yang marah
Und sie fing an, herumzustampfen und zu schreien
dan dia mula menghentak-hentakan dan menjerit
»Hacken Sie ihm den Kopf ab!«
"Potong kepalanya!"
"Hack ihr den Kopf ab!"
"Potong kepalanya!"
"Hackt ihnen alle Köpfe ab!"
"Potong semua kepala mereka!"
Wieder dachte Alice bei sich.

Sekali lagi Alice berfikir pada dirinya sendiri

"Sie lieben es schrecklich, hier Menschen zu enthaupten"

"Mereka sangat gemar memenggal kepala orang di sini"

"Das große Wunder ist, dass überhaupt noch jemand am Leben ist!"

"Keajaiban yang hebat ialah ada sesiapa yang masih hidup!"

Sie sah sich nach einem Ausweg um

Dia sedang mencari jalan untuk melarikan diri

Sie bemerkte eine merkwürdige Erscheinung in der Luft

Dia melihat penampilan ingin tahu di udara

»Es ist die Cheshire-Katze,« sagte sie zu sich selbst

"Ia kucing Cheshire," katanya kepada dirinya sendiri

"Jetzt habe ich jemanden, mit dem ich reden kann"

"sekarang saya akan mempunyai seseorang untuk bercakap"

"Wie geht es dir?" fragte die Katze

"Bagaimana khabar?" kata kucing itu

»Ich glaube nicht, daß sie ganz und gar fair spielen«, sagte Alice

"Saya tidak fikir mereka bermain sama sekali dengan adil," kata Alice

Und sie hatte einen ziemlich klagenden Ton

dan dia mempunyai nada yang agak merungut

"Sie streiten sich alle so fürchterlich"

"Mereka semua bertengkar dengan sangat mengerikan"

"Man hört sich selbst nicht sprechen"

"Seseorang tidak boleh mendengar diri bercakap"

"Und sie scheinen sich nicht an irgendwelche Regeln zu halten"

"Dan mereka nampaknya tidak bermain mengikut sebarang peraturan"

die Katze stellte Alice mit leiser Stimme eine Frage

kucing itu bertanya soalan kepada Alice dengan suara rendah

"Wie gefällt dir die Königin?"

"Bagaimana anda suka permaisuri?"

»Ich mag sie gar nicht,« sagte Alice

"Saya sama sekali tidak menyukainya," kata Alice

Alice dachte, sie könnte genauso gut zurückgehen
Alice fikir dia mungkin juga kembali
Sie wollte sehen, wie das Spiel läuft
Dia mahu melihat bagaimana permainan itu berjalan
Sie machte sich auf die Suche nach ihrem Igel
dia pergi mencari landaknya
Der Igel war damit beschäftigt, gegen einen anderen Igel zu kämpfen
Landak itu sibuk melawan landak lain
Das war eine ausgezeichnete Gelegenheit
Ini adalah peluang yang sangat baik
Sie konnte einen Igel mit dem anderen krocketen
dia boleh mengaroket satu landak dengan yang lain
Aber ihr Flamingo war auf der anderen Seite des Gartens
tetapi flamingonya berada di seberang taman
Der Flamingo war ziemlich tollpatschig
flamingo itu agak kekok
Ihr Flamingo versuchte, gegen einen Baum zu fliegen
flamingonya cuba terbang ke atas pokok
Sie packte den Flamingo am Bein
Dia menangkap flamingo di kaki

Und sie schob sich den Flamingo unter den Arm
dan dia menyelitkan flamingo itu di bawah lengannya
So konnte der Flamingo nicht mehr entkommen
dengan cara itu flamingo tidak dapat melarikan diri lagi
In diesem Augenblick traf Alice zufällig die Herzogin
Ketika itu Alice kebetulan bertemu dengan duchess
Die Herzogin war nun aus dem Gefängnis entlassen worden
Duchess kini keluar dari penjara
Sie schob ihren Arm liebevoll unter Alices Arm
Dia menyelitkan lengannya dengan penuh kasih sayang di
bawah lengan Alice
Und dann gingen sie zusammen fort
dan kemudian mereka berjalan bersama
Alice war sehr froh, sie in so angenehmer Laune zu finden
Alice sangat gembira mendapati dia dalam perangai yang
begitu menyenangkan
Sie erschrak jedoch ein wenig
Dia sedikit terkejut, bagaimanapun
Sie hörte die Stimme der Herzogin dicht an ihrem Ohr
Dia mendengar suara duchess dekat telinganya
"Du denkst über etwas nach, meine Liebe"
"Kamu sedang memikirkan sesuatu, sayangku"
"Und das lässt dich das Reden vergessen"
"Dan itu membuatkan anda lupa untuk bercakap"
»Das Spiel geht jetzt etwas besser«, sagte Alice
"Permainan berjalan lebih baik sekarang," kata Alice
Es war eine Möglichkeit, das Gespräch am Laufen zu halten
ia adalah salah satu cara untuk meneruskan perbualan
»So ist es,« sagte die Herzogin
"memang begitu," kata Duchess
"Und die Moral davon ist folgende."
"Dan moral itu ialah ini:"
"Es ist die Liebe, die alles macht!"
"Cintalah yang melakukan semuanya!"
"Liebe ist das, was die Welt bewegt"
"Cinta adalah apa yang membuatkan dunia berputar"
Alice hatte eine andere Erklärung

Alice mempunyai penjelasan lain
**"Das macht jeder, der sich um seine eigenen
Angelegenheiten kümmert!"**
"Ia dilakukan oleh semua orang yang memikirkan
perniagaannya sendiri!"
»Ah, gut! Du könntest Recht haben"
"Ah, baiklah! Anda boleh betul"
»Es bedeutet alles ziemlich dasselbe,« sagte die Herzogin
"Semuanya bermakna perkara yang sama," kata Duchess
und sie grub ihr spitzes kleines Kinn in Alices Schulter
dan dia menggali dagu kecilnya yang tajam ke bahu Alice
"Und die Moral davon ist folgende"
"dan moral itu ialah ini"
"Kümmere dich um die Sinne"
"Jaga akal"
"Und dann erledigen sich die Klänge von selbst"
"Dan kemudian bunyi akan menjaga diri mereka sendiri"
Aber dann fing der Arm der Herzogin an zu zittern
Tetapi kemudian lengan duchess mula menggeletar
Alice blickte auf und da stand die Königin
Alice mendongak dan di sana berdiri ratu
Die Königin hatte die Arme verschränkt
Ratu telah melipat tangannya
Und sie runzelte die Stirn wie ein Gewitter!
dan dia mengerutkan kening seperti ribut petir!
»Ich warne dich!« schrie die Königin
"Saya memberi anda amaran yang adil," jerit permaisuri
Und sie stampfte auf den Boden, während sie sprach
dan dia memijak tanah semasa dia bercakap
"Entweder dein Kopf oder ihr Kopf muss ausgeschaltet sein"
"Sama ada kepala anda atau kepalanya mesti terlepas"
"Treffen Sie Ihre Wahl!"
"Ambil pilihan anda!"
"Und beeilen Sie sich"
"dan cepat mengenainya"
Die Herzogin traf ihre Wahl
Duchess membuat pilihannya

und in einem Augenblick war die Herzogin verschwunden
dan dalam sekejap duchess itu telah pergi
Da sprach die Königin zu Alice
Kemudian permaisuri bercakap dengan Alice
"Weiter geht's mit dem Spiel"
"Mari kita teruskan permainan"
Alice war zu erschrocken, um ein Wort zu sagen
Alice terlalu takut untuk mengatakan sepatah kata pun
und langsam folgte sie ihrem Rücken zum Krocketplatz
dan dia perlahan-lahan mengikutinya kembali ke tanah kroket
Die ganze Zeit stritt sich die Dame mit den anderen Spielern
sepanjang masa Ratu bertengkar dengan pemain lain
»Hacken Sie ihm den Kopf ab!«
"Potong kepalanya!"
"Hack ihr den Kopf ab!"
"Potong kepalanya!"
"Hackt ihnen alle Köpfe ab!"
"Potong semua kepala mereka!"
Bald waren alle Spieler in Gewahrsam
Tidak lama kemudian semua pemain ditahan
nur der König, die Königin und Alice blieben zurück
hanya raja, permaisuri, dan Alice yang kekal
Da ging die Königin, ganz außer Atem
Kemudian ratu pergi, agak sesak nafas
und sie ging mit Alice fort
dan dia pergi bersama Alice
Alice hörte, wie der König leise etwas sagte
Alice mendengar raja dengan senyap-senyap mengatakan
sesuatu
"Ihr seid alle begnadigt"
"Anda semua diampuni"
aber plötzlich hörte man einen neuen Schrei
tetapi tiba-tiba terdengar tangisan lain
"Der Prozess beginnt!"
"Perbicaraan bermula!"
und Alice lief mit den andern
dan Alice berlari bersama yang lain

Wer hat die Torten gestohlen?

Siapa yang mencuri tart?

Der Herzkönig und die Herzkönigin saßen

Raja dan ratu hati telah duduk

sie saßen auf ihrem Thron, als Alice ankam

mereka berada di atas takhta mereka ketika Alice tiba

Eine große Menschenmenge war um sie herum versammelt

Terdapat orang ramai berkumpul di sekeliling mereka

Es gab allerlei kleine Vögel und Bestien

Terdapat pelbagai jenis burung kecil dan binatang

Und da war das ganze Kartenspiel

dan terdapat keseluruhan pek kad

Der Spitzbube stand in Ketten vor ihnen

pisau itu berdiri di hadapan mereka, dalam rantai

und auf jeder Seite war ein Soldat, der ihn bewachte

dan ada seorang askar di setiap sisi untuk menjaganya

in der Nähe des Königs war das weiße Kaninchen

berhampiran Raja ialah arnab putih

Er hatte eine Trompete in der einen Hand

dia mempunyai sangkakala di satu tangan

Und in der andern Hand hielt er eine Pergamentrolle

dan dia mempunyai skrol perkamen di tangan yang lain

In der Mitte des Platzes stand ein Tisch

Di tengah-tengah gelanggang terdapat sebuah meja

Auf dem Tisch stand eine große Schüssel mit Torten

Di atas meja terdapat hidangan tart yang besar

**"Ich wünschte, sie würden den Prozess zu Ende bringen",
dachte Alice**

"Saya harap mereka akan menyelesaikan perbicaraan," fikir
Alice

"Dann könnten wir etwas von diesen Erfrischungen essen!"

"Kemudian kita boleh makan beberapa minuman itu!"

Der Richter war übrigens der König
Hakim, dengan cara itu, adalah raja
und er trug seine Krone über seiner großen Perücke
dan dia memakai mahkotanya di atas rambut palsunya yang
besar
»Das ist die Loge der Geschworenen!« dachte Alice
"Itu kotak juri," fikir Alice
**"Und diese zwölf Geschöpfe, ich nehme an, sie sind die
Geschworenen"**
"dan dua belas makhluk itu, saya rasa mereka adalah juri"
einige waren Tiere, andere waren Vögel
ada yang haiwan, dan ada yang burung
In diesem Augenblick schrie das weiße Kaninchen auf
Pada masa itu arnab putih itu menjerit

"Schweigen im Gericht!"

"Diam di mahkamah!"

»Herold, lesen Sie die Anklage!« sagte der König

"Herald, baca tuduhan itu!" kata raja

Das weiße Kaninchen blies drei Stöße auf die Trompete

Arnab putih meniup tiga letupan pada sangkakala

dann entrollte er die Pergamentrolle

kemudian dia membuka gulungan skrol perkamen itu

Und er las folgendes:

dan dia membaca seperti berikut:

"Die Königin der Herzen, sie hat ein paar Torten gebacken."

"Ratu hati, dia membuat beberapa tart,"

"All das tat sie an einem Sommertag"

"Semua ini dia lakukan pada hari musim panas"

"Der Schurke der Herzen, er hat diese Torten gestohlen"

"Pisau hati, dia mencuri tart itu"

"Und er hat diese Torten weit weg gebracht!"

"Dan dia mengambil tart itu jauh!"

»Rufen Sie den ersten Zeugen,« sagte der König

"Panggil saksi pertama," kata raja

und das weiße Kaninchen blies drei Stöße auf die Trompete

dan arnab putih itu meniup tiga letupan pada sangkakala

»Bringt den ersten Zeugen!« rief er

"Bawa saksi pertama!" dia memanggilnya

Der erste Zeuge war der Hutmacher

Saksi pertama ialah pembuat topi

Er kam mit einer Teetasse in der einen Hand herein

Dia masuk dengan cawan teh di satu tangan

Und in der anderen Hand hatte er ein Stück Brot und Butter

dan dia mempunyai sekeping roti dan mentega di tangan yang lain

»Du hättest fertig sein sollen,« sagte der König

"Kamu sepatutnya selesai," kata Raja

"Wann hast du angefangen?"

"Bilakah kamu bermula?"

Der Hutmacher schaute sich den Märzhasen an

Pembuat topi melihat arnab perarakan

Der Märzhase war ihm in den Hof gefolgt
arnab March telah mengikutinya ke mahkamah
Er war Arm in Arm mit dem Siebenschläfer gegangen
dia telah berjalan bergandengan tangan dengan dormouse
»Ich glaube, es war der vierzehnte März«, sagte er
"Empat belas Mac, saya rasa begitu," katanya
»Geben Sie Ihre Aussage,« sagte der König
"Berikan buktimu," kata raja
"Und sei nicht nervös, sonst lasse ich dich auf der Stelle hinrichten"
"dan jangan gementar, atau saya akan membunuh anda di tempat kejadian"
Das schien den Zeugen überhaupt nicht zu ermutigen
Ini nampaknya tidak menggalakkan saksi sama sekali
Er rutschte immer wieder von einem Fuß auf den anderen
dia terus beralih dari satu kaki ke kaki yang lain
und er sah die Königin unruhig an
dan dia memandang ratu dengan gelisah
und in seiner Verwirrung biß er ein großes Stück aus seiner Teetasse
dan, dalam kekeliruannya, dia menggigit sekeping besar dari cawan tehnya
Eigentlich wollte er von seinem Brot und seiner Butter beißen
benar-benar dia bermaksud untuk menggigit roti dan menteganya
In diesem Augenblick fühlte Alice eine sehr merkwürdige Empfindung
Tepat pada masa ini Alice merasakan sensasi yang sangat ingin tahu
Sie fing an, wieder größer zu werden
dia mula membesar semula
Der unglückliche Hutmacher ließ seine Teetasse fallen
Pembuat topi yang menyedihkan itu menjatuhkan cawan tehnya
und das Brot und die Butter fielen zu Boden
dan roti dan mentega jatuh ke tanah

und er fiel auf die Knie

dan dia berlutut

»Ich bin ein armer Mann, Eure Majestät,« begann er

"Saya orang miskin, Yang Mulia," dia bermula

»Du bist ein sehr schlechter Redner,« sagte der König

"Kamu seorang penceramah yang sangat miskin," kata raja

»Du darfst gehen,« sagte der König

"Kamu boleh pergi," kata raja

und der Hutmacher verließ eilig den Hof

dan pembuat topi itu tergesa-gesa meninggalkan mahkamah

»Rufen Sie den nächsten Zeugen her!« sagte der König

"Panggil saksi seterusnya!" kata raja

Der nächste Zeuge war die Köchin der Herzogin

Saksi seterusnya ialah tukang masak duchess

Sie trug die Pfefferdose in der Hand

Dia membawa kotak lada di tangannya

Und die Leute in der Nähe der Tür fingen auf einmal an zu niesen

dan orang-orang berhampiran pintu mula bersin sekaligus

»Geben Sie Ihre Aussage,« sagte der König

"Berikan buktimu," kata raja

»Ich will nichts beweisen,« sagte die Köchin

"Saya tidak akan memberikan bukti," kata tukang masak itu

Der König sah das weiße Kaninchen ängstlich an

Raja memandang dengan cemas pada arnab putih itu

Und das weiße Kaninchen sprach mit leiser Stimme

dan arnab putih itu bercakap dengan suara yang tenang

"Eure Majestät müssen diesen Zeugen ins Kreuzverhör nehmen"

"Seri Paduka Baginda mesti memeriksa balas saksi ini"

»Nun, wenn ich muß, so muß ich,« sagte der König

"Baiklah, jika saya perlu, saya mesti," kata raja

"Woraus bestehen Torten?"

"Tart diperbuat daripada apa?"

»Torten werden meistens aus Pfeffer gemacht«, sagte die Köchin

"Tart diperbuat daripada lada, kebanyakannya," kata tukang

masak itu
Einige Minuten lang war der ganze Hof in Verwirrung
Selama beberapa minit seluruh mahkamah berada dalam
kekeliruan
Schließlich ließen sie sich alle wieder nieder
akhirnya mereka semua menetap semula
Aber da war die Köchin schon verschwunden
tetapi pada masa itu tukang masak itu telah hilang
»Macht nichts!« sagte der König
"Tidak kisah!" kata raja
"Rufen Sie den nächsten Zeugen in den Zeugenstand"
"panggil saksi seterusnya"
**Alice beobachtete das weiße Kaninchen, wie es an der Liste
herumfummelte**
Alice memerhatikan arnab putih itu ketika dia meraba-raba
senarai itu
**Sie können sich vorstellen, wie überrascht sie war, als sie
das hörte, was sie als nächstes hörte**
Anda boleh bayangkan keterkejutannya pada apa yang dia
dengar seterusnya
**Mit lauter schriller kleiner Stimme rief er den Namen
»Alice!«**
di bahagian atas suara kecilnya yang melengking, dia
memanggil nama itu "Alice!"

Alices Beweise
Bukti Alice

»Hier!« rief Alice
"Di sini!" jerit Alice
Sie sprang in großer Eile auf
Dia melompat dengan tergesa-gesa
und sie kippte die Geschworenenloge um
dan dia terbalik di atas kotak juri
und sie warf alle Geschworenen um
dan dia menjatuhkan semua juri
und sie fielen auf die Köpfe der Menge unten
dan mereka jatuh ke kepala orang ramai di bawah
Alice war in großer Bestürzung
Alice sangat kecewa
»Oh, ich bitte um Verzeihung!« rief sie aus
"Oh, saya mohon maaf!" dia berseru
»Der Prozeß kann nicht fortgesetzt werden,« sagte der König
"Perbicaraan tidak boleh diteruskan," kata raja
"Die Geschworenen müssen wieder an ihre angestammten Plätze zurückkehren"
"Juri mesti kembali ke tempat yang sepatutnya"
Er wiederholte den Befehl mit großem Nachdruck
Dia mengulangi perintah itu dengan penekanan yang besar
und er sah Alice streng an
dan dia memandang Alice dengan tegas
"Was weißt du über diese Ereignisse?" fragte der König Alice
"Apa yang kamu tahu tentang peristiwa ini?" raja bertanya kepada Alice
»Ich weiß nichts von der Sache,« sagte Alice
"Saya tidak tahu apa-apa mengenai perkara itu," kata Alice
Dann las der König aus seinem Buch vor
Raja kemudian membaca daripada bukunya
"Regel zweiundvierzig"
"Peraturan empat puluh dua"
"Alle Personen, die mehr als eine Meile hoch sind, sollen das Gericht verlassen"

"Semua orang yang lebih daripada satu batu tinggi akan meninggalkan mahkamah"

»Ich bin keine Meile hoch,« sagte Alice

"Saya tidak setinggi satu batu," kata Alice

»Fast zwei Meilen hoch,« sagte die Königin

"Hampir dua batu tinggi," kata Ratu

»Nun, ich weigere mich zu gehen,« sagte Alice

"Baiklah, saya enggan pergi," kata Alice

Der König erbleichte

Raja menjadi pucat

und er schloß hastig sein Notizbuch

dan dia menutup buku notanya dengan tergesa-gesa

»Überlegen Sie sich Ihr Urteil«, sagte er zu den Geschworenen

"Pertimbangkan keputusan anda," katanya kepada juri

Er sprach mit leiser, zitternder Stimme

Dia bercakap dengan suara rendah dan gemetar

Da sprach das weiße Kaninchen

Kemudian arnab putih itu bercakap

"Es werden noch mehr Beweise kommen"
"Terdapat lebih banyak bukti yang akan datang lagi"
und er sprang in großer Eile auf
dan dia melompat dengan tergesa-gesa
"Dieses Papier wurde gerade abgeholt"
"Kertas ini baru sahaja diambil"
"Es scheint ein Brief des Gefangenen zu sein"
"Nampaknya surat yang ditulis oleh banduan"
Er faltete das Papier auseinander, während er sprach
Dia membuka kertas itu semasa dia bercakap
"Es ist doch kein Brief"
"Lagipun, ia bukan surat"
"Was es war, war eine Reihe von Versen"
"Apa itu adalah satu set ayat"
»Bitte, Eure Majestät,« sagte der Spitzbube
"Tolong, Yang Mulia," kata pisau itu
"Ich habe diese Verse nicht geschrieben"
"Saya tidak menulis ayat-ayat itu"
"und sie können nicht beweisen, dass ich etwas geschrieben habe"
"dan mereka tidak dapat membuktikan bahawa saya menulis apa-apa"
"Am Ende ist kein Name unterschrieben"
"Tiada nama yang ditandatangani di penghujungnya"
Der König sprach mit dem Spitzbuben
Raja bercakap kepada knave
"Du musst vorgehabt haben, Unheil anzurichten"
"Kamu pasti bermaksud untuk menyebabkan kerosakan"
"Sonst hättest du wie ein ehrlicher Mann unterschrieben"
"Jika tidak, anda akan menandatangani nama anda seperti orang yang jujur"
Es gab ein allgemeines Händeklatschen
Terdapat tepukan tangan umum
Und der König wandte sich an das weiße Kaninchen
dan raja berpaling kepada arnab putih
»Lest die Verse!« befahl er.
"Baca ayat-ayat itu," perintahnya

Es herrschte Totenstille im Gerichtssaal
Terdapat kesunyian yang mematikan di mahkamah
und das weiße Kaninchen las die Verse vor
Dan arnab putih membacakan ayat-ayat itu
Sie sagten mir, du wärst bei ihr gewesen
Mereka memberitahu saya bahawa anda telah pergi
kepadanya
Und sie erwähnten mich ihm gegenüber
Dan mereka menyebut saya kepadanya
Sie gab mir einen guten Charakter
Dia memberi saya watak yang baik
Aber sie sagte, ich könne nicht schwimmen
Tetapi dia berkata saya tidak boleh berenang
Er ließ ihnen wissen, dass ich nicht gegangen sei
Dia menghantar berita kepada mereka bahawa saya tidak
pergi
Wir wissen, dass es wahr ist
Kami tahu ia benar
**Wenn sie die Sache vorantreiben sollte, was würde aus dir
werden?**
Sekiranya dia meneruskan perkara itu, apa yang akan berlaku
dengan anda?
Ich gab ihr einen, sie gaben ihm zwei
Saya memberinya satu, mereka memberinya dua
Du hast uns drei oder mehr gegeben
Anda memberi kami tiga atau lebih
Sie sind alle von ihm zu dir zurückgekehrt
Mereka semua kembali daripadanya kepada anda
obwohl sie vorher meine waren
walaupun mereka adalah milik saya sebelum ini
Wenn ich oder sie die Chance haben sollte,
Jika saya atau dia berpeluang untuk menjadi
Wenn ich oder sie in diese Affäre verwickelt wäre
Jika saya atau dia terlibat dalam urusan ini
Er vertraut auf dich, dass du sie befreien wirst
Dia percaya kepada anda untuk membebaskan mereka
Genau so wie wir waren

Sama seperti kami

Ich hatte den Eindruck, dass Sie

Tanggapan saya ialah anda telah

Bevor sie diesen Anfall hatte

Sebelum dia mempunyai kesesuaian ini

Ein Hindernis, das dazwischen kam

Halangan yang datang antara

Er und wir und es

Dia, dan diri kita sendiri, dan itu

Lass ihn nicht wissen, dass sie ihr am besten gefallen haben

Jangan biarkan dia tahu dia paling menyukainya

Denn dies muss für immer ein Geheimnis bleiben, das vor allen anderen verborgen bleibt

Kerana ini mesti selama-lamanya menjadi rahsia, dirahsiakan daripada semua yang lain

Dieses Geheimnis muss ein Geheimnis zwischen dir und mir bleiben

Rahsia ini mesti kekal rahsia antara anda dan saya

Der König war sehr beeindruckt

Raja sangat kagum

"Das ist das wichtigste Beweisstück, das wir bisher gehört haben"

"Itulah bukti paling penting yang pernah kami dengar"

»Ich glaube nicht, daß diese Verse auch nur ein Atom Bedeutung haben,« wandte Alice ein

"Saya tidak percaya ayat-ayat itu membawa atom makna," bantah Alice

der König hatte seine eigene Meinung zu dieser Angelegenheit

Raja mempunyai pendapatnya sendiri mengenai perkara itu

"Wenn diese Worte keinen Sinn haben, erspart das eine Menge Ärger"

"Jika tiada makna dalam kata-kata itu, itu menyelamatkan dunia yang penuh masalah"

"Dann brauchen wir nicht zu versuchen, den Sinn zu finden"

"Kalau begitu kita tidak perlu cuba mencari maknanya"

"Lassen Sie die Geschworenen über ihr Urteil nachdenken"
"Biarkan juri mempertimbangkan keputusan mereka"
»Nein, nein!« sagte die Königin
"Tidak, tidak!" kata permaisuri
"Erst die Verurteilung, dann das Urteil"
"Hukuman dahulu—keputusan selepas itu"
"Zeug und Unsinn!" sagte Alice laut
"Perkara dan karut!" kata Alice dengan kuat
"Wie dumm ist es, den Angeklagten zuerst zu verurteilen!"
"Betapa bodohnya menjatuhkan hukuman kepada defendan
terlebih dahulu!"

»Schweige!« sagte die Königin und färbte sich violett an
"Pegang lidahmu!" kata permaisuri, bertukar ungu
"Ich werde nicht den Mund halten!" sagte Alice
"Saya tidak akan menahan lidah saya!" kata Alice
schrie die Königin aus voller Kehle
Ratu menjerit dengan suara yang tinggi
"Hack ihr den Kopf ab!"
"Potong kepalanya!"

Niemand machte eine Bewegung

Tiada siapa yang membuat pergerakan

"Wen kümmert es, was du sagst?" sagte Alice

"Siapa yang peduli apa yang kamu katakan?" kata Alice

Zu diesem Zeitpunkt war sie bereits zu ihrer vollen Größe herangewachsen

dia telah membesar ke saiz penuhnya pada masa ini

"Du bist nichts als ein Kartenspiel!"

"Kamu tidak lain hanyalah sebungkus kad!"

Bei diesen Worten hoben sich alle Karten in die Luft

Pada masa ini, semua kad naik di udara

und alle Karten flogen auf sie herab

dan semua kad terbang ke atasnya

Sie stieß einen kleinen Schrei aus

Dia menjerit sedikit

Sie war halb erschrocken, aber auch wütend

Dia separuh takut, tetapi juga marah

Und sie versuchte, sich gegen die Karten zu wehren

dan dia cuba melawan kad daripada dirinya sendiri

Und dann fand sie sich auf der Grasbank liegend

dan kemudian dia mendapati dirinya terbaring di tebing rumput

Ihr Kopf lag im Schoß ihrer Schwester

kepalanya berada di pangkuan kakaknya

Einige abgestorbene Blätter waren auf ihrem Gesicht gelandet

beberapa daun mati telah mendarat di mukanya

und ihre Schwester wischte vorsichtig die Blätter weg

dan kakaknya perlahan-lahan menyikat daun-daun itu

»Wach auf, liebe Alice!« sagte die Schwester

"Bangun, Alice sayang!" kata kakaknya

"Was für einen langen Schlaf hast du gehabt!"

"Tidur yang lama awak!"

"Oh, ich habe so einen merkwürdigen Traum gehabt!" sagte Alice

"Oh, saya mempunyai mimpi yang ingin tahu!" kata Alice

Und sie erzählte ihrer Schwester alles, woran sie sich

erinnern konnte

Dan dia memberitahu kakaknya semua yang dia ingat

all die seltsamen Abenteuer, von denen Sie gerade gelesen haben

Semua pengembaraan pelik yang baru anda baca

Alice stand auf und rannte davon

Alice bangun dan melarikan diri

Und während sie lief, dachte sie an ihren Traum

dan dia berfikir, semasa dia berlari, tentang mimpinya

"Was für ein wunderbarer Traum das gewesen war!"

"Sungguh mimpi yang indah!"